诗 歌 久 久 傅 天 琳

1979年摄于中国重庆缙云山农场

傅天琳,中国诗歌学会副会长,重庆新诗学会会长。出版诗集、散文集、儿童小说集20余部。作品曾获全国中青年优秀诗歌奖,全国首届优秀诗集奖,全国女性诗歌杰出贡献奖,《人民文学》《诗刊》《中国作家》《星星》优秀诗歌奖,第五届鲁迅文学奖,冰心儿童图书奖。已由日本、韩国翻译出版诗集《生命与微笑》《五千年的爱》。1988年入选英国剑桥《世界名人录》。

第五届鲁迅文学奖
颁奖词

　　傅天琳坚持个性化的艺术追求，她的诗关注现实，思考生命价值，寻找心灵方向，率性而真诚，感情真挚而丰厚，语言优美而朴素。她眼光向下，感觉向内，精神向上，亲切真实中达到一种超越境界。

第五届鲁迅文学奖
获奖感言

　　让生活在诗歌中恢复它们本来的诗意,这是一生都在吸引我的工作,我很乐意将自己深深地沉浸其中。

　　感谢果园,获奖前把我的诗歌挂在树上。现在,又漫山遍野飘动着黄丝带,上面写着柠檬叶子,柠檬叶子,柠檬叶子。它多像一个电影镜头,让人觉得不太像真的。

　　感谢诗歌,把这片林子移植到我心中,成为我灵魂的家园。

　　感谢评委,在繁茂的诗歌森林看见了我,这是我最大的惊喜和荣幸。

　　一片薄薄的干干净净的叶子,永远与土地与时代血脉相连。

傅天琳手迹1 《林中》 2020年末于重庆

傅天琳手迹2 《车窗外》 2020年末于重庆

傅天琳诗歌　99

傅天琳————著

重庆出版集团 重庆出版社

序：好诗人傅天琳

读傅天琳的诗，你会知道什么样的诗人是好诗人。也许对于傅天琳，一个好，远远不够，优秀、杰出、卓越，放在她的名字前，都行！其实在今天，好诗人更难得。因为一个好诗人一生都在写作，而且越写越好。而许多优秀、杰出以至天才，往往是辉煌流星闪过诗的天空。

好诗人傅天琳，一生都在写好诗，读她的诗让人知道，好诗的不竭创造力源于她是一个有根的人。她像青春时代那座果园里的一棵树。青春过去了，果园也许变成了水泥森林。但她留住自己的根，她与大地有着超越他人的亲密血缘。于是在她的诗歌中，另一座果园，年年开花，岁岁结果。

好诗人傅天琳，一生都在写好诗，读她的诗让人知道，好诗最重要的是真。诗坛有时候就像一场假面舞会，装神弄鬼，装疯卖傻，装腔作势，让诗坛热闹欢腾。只是假装出来的精彩实在经不起时间搓揉，给诗坛留下别样寂寞。读傅天琳的诗，你会读出真话，感受到真情，还有她捧出的一颗真心。傅天琳说她崇尚一个字，真。敢说出来，是有底气。若拿真话、真情、真心做标准，如过江之鲫的诗人，能有几人不脸红？

好诗人傅天琳，一生都在写好诗，读她的诗让人知道，好诗让人懂得感恩。感谢天地给了一个世界,感谢父母给了生命,感谢他人给了友情与关心。不知感恩的人成不了好诗人,不知感恩写诗就是一场误会。何为杰作?感天动地泣鬼神!因为全世界的诗篇加起来,读懂了就是人类的良心在感恩天地万物。傅天琳对这个世界,知足而感恩,因此,她快乐,她的诗感人。

叶延滨　2020年1月于北京

⊙叶延滨

中国作家协会诗歌创委会主任,原《诗刊》《星星》主编,全国优秀诗集奖获得者、鲁迅文学奖历届评委。

目 录

序：好诗人傅天琳　叶延滨　/ 1

第一章　果　园 ……………………………001

果园诗人　/ 002

寄书　/ 003

悼念一棵树　/ 005

飘在空中的落叶　/ 007

我们　/ 008

团圆饭　/ 009

断了　/ 010

林中　/ 011

老姐妹的手　/ 012

一滴水　/ 014

挂在树上　/ 016

唤醒你的羞涩　/ 018

柠檬黄了　/ 020

第二章 **母亲与孩子** ················023

    让我们回到三岁吧 / 024

    梦话 / 026

    母爱 / 027

    背带 / 028

    母亲的手 / 030

    母亲坟前 / 031

    给母亲过生日 / 033

    87岁的四姑这样说 / 034

    百岁母亲 / 036

    夏夏的眼睛 / 038

    夏夏的头发 / 039

    夏夏的花 / 041

    夏夏的生日 / 042

    森林童话 / 043

    六月 / 047

第三章 **远　方** ················051

    北方 / 052

    大峡谷 / 054

    小火焰 / 056

    一棵树 / 058

    和田的无花果树 / 059

    戈壁乌鸦 / 061

    下一站 / 063

鹳雀楼　/065

千仞之上　/067

玻璃桥　/069

箜篌城　/071

到了中牟　/073

船上　/075

赵佗　/077

在小南海你看见了什么　/079

青海的草　/081

日出　/082

晨记　/084

好马　/086

车窗外　/089

风　/091

牦牛　/092

阿米东索　/094

疏勒河　/096

往库姆塔格沙漠走去　/098

告别酒泉　/100

森林之爱　/102

窦团山问　/104

赴一座古城的约会　/106

风至八级　/108

红草莓　/110

柏林西　/112

胡苏姆　/114

圣母像前 /116

一个夜晚的感觉 /118

墨西哥湾 /120

拉斯维加斯如是说 /121

飓风 /123

老人 /125

得克萨斯州 /127

雨 /129

约书亚树 /130

科罗拉多大峡谷 /131

跟着水走，多么好 /133

第四章 **我的爱从来没有这样沉重这样饱满** …137

我为什么不哭 /138

黎明 /141

我的孩子 /143

北川诗人 /146

悼抒雁 /148

墓碑 /151

这城市 /153

去奉节 /155

黛湖 /157

我的北碚 /159

果园港 /162

看书法 /165

钢轨诞生 /167

致敬桥梁 / 168

爱情天梯 / 170

在出租车上 / 175

一年中最冷的一天 / 178

一封信 / 181

我忘了 / 183

在机场 / 185

老人与花冠 / 187

蔬菜老了都是花 / 188

上庄石头问 / 189

月亮上站满诗人 / 191

花甲女生 / 193

祖国！我是您的诗人 / 196

海之诗 / 198

后　记 …………………………………… 211

部分评论摘录 …………………………… 217

傅天琳创作年表 ………………………… 225

第一章 果 园

果园诗人

最后我发现我更愿意回到果园去
回到柠檬、苹果、桃子、杏一样的人群去
沿着叶脉走一条浅显的路
反复咏叹,反复咀嚼月光和忧伤
我深深地明白,这片林子是和我的青春
一起栽种,和我的幸福一起萌芽的
就是再次把血咳在你的花上
把心伤在你的树上我也愿意
曾经以为仅仅做你的诗人,太小
这是何其难得的小啊我又是何其轻薄
果园,请再次接纳我
为我打开芬芳的城门吧
为我胸前佩戴簇新的风暴吧
我要继续蘸着露水为你写
让花朵们因我的诗加紧恋爱
让落叶因我的诗得到安慰

2007年3月

寄 书

今天我把书寄给你
把童年和青年塞进信封
把一座果园寄给你
落叶般泛黄的散文
就要登上火车，轮船
激动而忐忑不安
去见它想见的那个人

旧作，全是旧作
那些并不精致的词，无法更改
一张纸，除你看得见的
不再有别的意义
请你原谅
文字如草一样简单

梦很薄，却要练习写梦的人
妄图把黑夜当作绸缎
把苹果当作太阳
苹果之外的光芒

挟着风雨和石块而来

往事苦难，温馨，同时还愚蠢

你随便翻翻

千万别当成书来读

　　2005年12月

悼念一棵树

你和我面对面站着
站着,你却死了。站得笔直地死了

死在秋天即将来临
整座橘山就要点亮节日的灯盏

死在战争结束前最后一次冲锋
最后一颗流弹,不幸将你击中

树啊,四十年相依为命的亲人
四十年狂风,暴雨,连同我为你嫁接的
四条假腿。一起死了

多少谬误,多少伤害
你为什么不清点,不抱怨

你死得笔直。却让我真真切切地
感觉到痛。让挽歌低下头来
捂住胸口。让我的命跟着断了一次

树啊,我曾请求上天给你快乐
给你悲伤。给你酸。给你甜
给你四个季节的血肉

树啊你曾铺开全身的鸟鸣
上万张绿色的旗子颤抖着
泪流满面

现在,你死了。种树的人
还有什么可以向生活炫耀
向生活交代

你死了。请把枝头几粒干瘪的红果
留给我。把你一生的积蓄留给我
你玛瑙一样的品质已成稀世之宝

现在我就摘了
当你芬芳的尸骨上升为虹
我手心里的石头也将重新萌芽

2007年12月

飘在空中的落叶

一片飘在空中的落叶
一只尚未落地又无法高飞的鸟
一滴来自虚空
扑向大地心灵的寒冷

一朵微微闭合的嘴唇
亲吻秋天辽阔的面庞
从第一声幼芽的啼哭
到告别枝头
曾经一望无垠的时光
在一刹那

飘。极尽辉煌的飘
只能用思绪去靠近它,抚摸它
用慢镜头去拍它
它谢幕的姿态
多么从容,镇定,优雅

历经万紫千红的旅行
就要静静地到达

     2005年12月

我 们

我们在寒冷的枝丫作巢
没有一片绿叶发来贺信

我们在柠檬汁的苦海扬帆
没有一节花枝愿来作桨

我们在夜的山路奔走
没有一个萤火虫赶来点灯

我们在茫茫荒野唱歌
没有一只鸟儿飞来亮嗓

我们,就是你和我
就是一切

两块残缺的心哟
今夜,合成一轮月亮

  1969年10月一稿,1977年二稿

团圆饭

是缺柴,是少炭
煮一顿团圆饭竟用了二十年
嚼得烂的是鸡肉,嚼不烂的是思念
人世间的泪雨,溢出了杯盏

       1980年1月

断　了

老姐妹告诉我，断了
四十年枝枝叶叶
在一个下午嘎吱一声断了
被两万块钱买断了
大额两万块
区区两万块
果园姐妹与果园没有任何关系了

我听见我挂满鸟鸣和雨水的天空断了
骨头，根，断了
我的芬芳，我的气息断了

　　　　　　　　　2005年12月

林　中

林中
她情不自禁打开全身呼吸
任一种液状的光灌进去

热热的，小虫虫爬过痒痒的
回肠荡气的感觉
从头顶直到足心

真好
一滴汗，一滴善，一滴纯
毕生不能没有的一滴之轻

她如此沉浸于自己的忏悔
她在外面世界转了多久
全身裹满多少灰尘

　　　　　　2005年12月

老姐妹的手

快去看看这双手
这双沾满花香的手,亮丽的手
蝴蝶一样围绕山林飞舞和歌唱的手
卑微的手,苦命的手
被泥巴,牛粪,农药弄得脏兮兮的手
树皮一样,干脆就是树的手
皲裂,粗糙,关节肿大
总能提前感受风雨的到来

生命的手,神话中的手
满手是奶,满手是粥
一勺,一勺,把一座荒山喂得油亮亮的
把一坡绿色喂得肉墩墩的
连年丰收。这双果实累累的手
年过半百的,退休的手
当年的名字叫知识青年

其实并没有多少知识
一辈子谦逊地向果树学习

渐渐地变得像个哲人
懂得该开花就开花，该落叶就落叶

但是这双手还是哭了
不悲，不伤，不怨，不怒
不为什么大事就哭了。快去看看它
看看一池子黏稠的暗绿色汁液
原来是漫山遍野的叶子哭了
这双空空荡荡的手
不干活就会生病的手
被休闲，旅游排斥在外的手
即将被考古的手！紧紧抓住
根里的阳光

        2005年12月

一滴水

从岩石缝中滴出,从野花香中滴出
一滴,就那么一滴
成一碗水
成果园里最小的湖泊

滴状,透明的滴状
看不到飘浮的岚气,看不到
古树的木纹

滴状,简单的滴状
相像的一滴
间距很好的一滴

滴状,多一滴就成线状了
多一滴
我的骄傲就溢出来了

永远的一滴
琴弦拨动的一滴

树根珍藏的一滴

黄河都可以断流
它为什么不断
神明的一滴

为了这一滴,它汹涌澎湃过
挤痛过内心的大海
它是石头中的泪啊
一滴,一滴

2007年1月

挂在树上

春天的电话线
直接通向灌浆的青藤
老姐妹在那一头下着春雨
"开花了,快回来吧,果园又添新景

漫山的桃树,柑橘树,枇杷树
还有长长的葡萄架上
都挂着你的诗"

电话这一头,激动,欣喜
泪水涌出来,漫过脚背
张口结舌,只会说好哇,好哇
怎么会这么好哇

日本电影有幸福的黄手帕
台湾诗人有刻你的名字在树上
我立即想到它们。那只是一棵
而我,幸运再次降临
我获得满满一座果园的爱情

我只想骑上光芒四射的云朵
穿过辽阔的词语
一秒钟就回到果园硕壮的根须

我只有在树上
才能抵达真正的秋天
我的诗歌只有在树上，才可能是植物
而不是植物标本

以后，诗句将由花蕾的嘴唇去吟诵
将由树汁年年输入新鲜血液
这是泥土发给我最绿色最环保的奖牌
有了这些，今生今世，我还需要什么

2009年3月

唤醒你的羞涩

天琳,我突然发现
当你盘子里蛋糕已装得满满
你还在拿。你的手指
好像习以为常

我还发现,当你爬上枝头
总想去摘最红的那一个
你的手指好像理直气壮

从前你不是这样的
从前你的手指像一位古代仕女
拂袖,掩面,些微的不好意思

从前你白天扛大锄,流大汗
夜晚独自钻进果林
练习用花瓣造房,月光造桥
美丽造句

现在,一只鸟

翅膀的愿望已十分微弱
一条鱼,身体的鳞片正一层层消失

你是诗人,触觉渐渐钝化
而羞涩正是一种触觉。所以天琳
我要唤醒你指尖的羞涩

我要在你房前屋后种一些含羞草
让仙丹般的香气
时时在你骨头里走动

让你变得谦逊一些,踏踏实实一些
明白自己对万物常有亏欠
你就会知道什么能要什么不能要

      2008年1月

柠檬黄了

柠檬黄了
请原谅啊,只是娓娓道来的黄

黄得没有气势,没有穿透力
不热烈,只有温馨
请鼓励它,给它光线,给它手
它正怯怯地靠近最小的枝头

它就这样黄了,黄中带绿
恬淡,安静。这种调子适宜居家
柠檬的家结在浓荫之下
用园艺学的话讲:坐果于内堂

它躲在六十毫米居室里饮用月华
饮用干净的雨水
把一切喧嚣挡在门外

衣着简洁,不懂环佩叮当
思想的翼悄悄振动

一层薄薄的油脂溢出毛孔
那是它滚沸的爱在痛苦中煎熬
它终将以从容的节奏燃烧和熄灭
哦，柠檬

这无疑是果林中最具韧性的树种
从来没有挺拔过
从来没有折断过
当天空聚集暴怒的钢铁云团
它的反抗不是掷还闪电，而是
决不屈服地
把一切遭遇化为果实

现在，柠檬黄了
满身的泪就要涌出来
多么了不起啊
请祝福它，把篮子把采摘的手给它
它依然不露痕迹地微笑着
内心像大海一样涩，一样苦，一样满

没有比时间更公正的礼物
金秋，全体的金秋，柠檬翻山越岭

到哪里去找一个金字一个甜字
也配叫成果？也配叫收获？人世间
尚有一种酸死人迷死人的滋味
叫寂寞

而柠檬从不诉苦
不自贱，不逢迎，不张灯结彩
不怨天尤人。它满身劫数
一生拒绝转化为糖
一生带着殉道者的骨血和青草的芬芳

就这样柠檬黄了
一枚带蒂的玉
以祈愿的姿态一步步接近天堂
它娓娓道来的黄，绵绵持久的黄
拥有自己的审美和语言

2008年11月

第二章 母亲与孩子

让我们回到三岁吧

让我们回到三岁吧
回到三岁的小牙齿去
那是大地的第一茬新米
语言洁白,粒粒清香

回到三岁的小脚丫去
那是最细嫩的历史
印满多汁的红樱桃

三岁的翅膀在天上飞啊飞
还没有完全变为双臂
三岁的肉肉有股神秘的芳香
还没有完全由花朵变为人

一只布熊有了三岁的崇拜
就能独自走过百亩大森林
昨夜被大雪压断的树枝
有了三岁的愿望就能重回树上

用三岁的笑声去融化冰墙
用三岁的眼泪去提炼纯度最高的水晶

我们这些锈迹斑斑的大人
真该把全身的水都拧出来
放到三岁去过滤一次

2008年1月

梦 话

你睡着了你不知道
妈妈坐在身旁守候你的梦话
妈妈小时候也讲梦话
但妈妈讲梦话时身旁没有妈妈

你在梦中呼唤我
孩子你是要我和你一起到公园去
我守候你从滑梯一次次摔下
一次次摔下你一次次长高

如果有一天你梦中不再呼唤妈妈
而呼唤一个陌生的年轻的名字
那是妈妈的期待
妈妈的期待是惊喜和忧伤

1981年6月

母 爱

我是你黑皮肤的妈妈
白皮肤的妈妈
黄皮肤的妈妈

我的爱黑得像炭
白得像雪
黄得像泥土
我的爱没有边界
没有边界我对你的爱

你是白雪覆盖的种子
你是黄土长出的树
你是煤炭燃烧的火
你是生命你是力量你是希望你是我
孩子啊你是我的孩子

1981年6月

背　带

她只是顺着风顺着河流走去
并随便剪下身后的一段路
用来背她的孩子

她和孩子缠在一起
笑声叠在背上
哭声叠在背上
一条背带从孩子的肩母亲的肩搭下
在母亲胸前交叉绾成结
绾成蝴蝶

她径直往前走着
竹篮里的种子怎么也播不完
母亲的爱怎么也播不完
孩子只有种在母亲背上才能生长
即使秋天
她也能听见出芽的声音
蝴蝶结在胸前
翩翩飘起

母亲和孩子缠在一起

白夜解不开

雷电劈不开

也许只有在孩子能下地的时候

蝴蝶结才会缓缓松开

还原成路

而她只是顺着风顺着河流走去

她根本不知道世界上还有画家

她也不知道

自己正径直走往一幅油画中去

成为圣母

1982年2月

母亲的手

我是迟迟不肯上路的啊
边走边哭，我才六岁
不知道母亲为什么这样狠心
硬要牵着我送我过河去
我不知道在并不自由的年代
母亲的手是船
是一片唯一的自由

我不知道母亲留给自己的
是最黑最深最漫长的孤独
为了给我一副翅膀
宁愿让十字架嵌进双臂
身后的白塔，和她一样
默默承受着人世的沧桑和风雨

我就在这样一个破碎的早晨离开
在一个更加破碎的夜晚归来
圆月之夜，没有母亲
只有母亲的手是岸
泊满我永远的伤痛
　　　　　　　　1986年1月

母亲坟前

她要是知道她的女儿成了诗人
会多高兴
那个美丽如绝句的女子
如今是一座坟
这座坟在生我育我之后
脱掉了体温

跪在坟前
任她艾草抚脸
一缕清苦伴着温馨
凄恻入骨
疼痛入骨
思念入骨
不相信风暴已打散我们

她离去的那个黄昏喋血
为了血
我发誓不再流泪
我发誓让所有的血

开出玫瑰

让玫瑰火焰焚烧我的稿页吧
在坟前我读给她
我烧给她
我相信冥冥中有一只手
已牵着我回到她的膝下

    1986年1月

给母亲过生日

母亲,你早已不在世上
我跪在钟表的废墟上给你过生日
时针甩开它的小蹄子一路疯跑
你知不知道今天你都一百岁了呀
你把黑夜深深吸进自己眼瞳
留给我们的永远是丽日蓝天
你早已凌驾于风之上霹雳之上
一切屈辱与践踏之上。但是有了今天
时空就是一种可触摸的亲切物质
就是你重孙子手里这块酥软的蛋糕

2012年5月

87岁的四姑这样说

我是被我的三哥和十弟用电话喊回去的
被家乡的炊烟一缕接一缕拽回去的

由我的60岁老儿子牵着扶着抱着背着
我们坐了15小时火车，3小时汽车
20分钟过河船
清明节去看望我的亲人

我的父母、兄弟、姐妹
现在他们是一堆土包
热热闹闹、济济一堂住在沱江边上
紧挨着曾经种满桃花梅花的傅家院子
我要去为我的亲人送些鞭炮送些热闹
送些香蜡纸钱

坟山的路太滑太陡
我紧紧压在我的孝顺儿子背上
老儿子一步一叩首
我一步一倾盆

晚辈们连声说
四姑啊四姑婆啊不要激动不要激动
我说不激动不激动
我妈来这儿住时都95岁了圆满了
可是我哥才30多岁啊
他把一张年轻的脸永远留在墓碑上
我还是忍不住要激动,要为他哭一场

算起来我有60多年没回过家了
我要把几十年家乡的月光一件一件
穿在身上。一直穿到一百岁去

      2013年4月

百岁母亲

让我抱抱你,闻闻你的气味
我的母亲如果还活着
和你一样,正好一百岁

你的身体散发着昔日芳香
有着细棉布一样的柔软质地

你只是笑着
风调雨顺地笑着
没有牙齿的笑,单纯得像婴儿

你的眼角有一粒硕大泪囊
那是岁月流淌的缓慢结晶
你银发静卧,像原始森林的积雪
目光像高树上的柿子甜甜软软
落进我的掌心

然后你就沉默了
无边无际、深不可测地沉默了

仿佛回忆仿佛幻觉

仿佛对时间、生命和万事万物表达谢意

我痴痴地沉默在你的沉默之中

白茫茫一片，又繁花似锦

静静的山水

静静的福利院

唯有百岁母亲能听见寂静的声音

2013年10月

夏夏的眼睛

夏夏,睁开你的眼睛
睁开那夏天,和你自己

蝉儿在树荫里唱歌
太阳光从正午漏下来
从你长长的睫毛漏下来

两只鸟儿
穿过空谷的晚云
从你眼里越飞越远
夏天渐渐长大

而星辰,萤火虫
而专喜欢赴晚会的小姑娘们
却不慎掉进湖中了

快合上你的眼睛,夏夏
合上你的留影湖
留住那夏天,和你自己

1980年8月

夏夏的头发

你仍是一枝风
你仍在我的臂弯

夏夏你睡了
湖中多了一朵睡莲
世界多了一种和平
没有人敢惊动你的门帘
没有人咳嗽

你是一棵树,你的发
轻轻落在我的面颊
和另一棵树缠在一起
放出树脂的香味

让我在你的发丝
在一枝八月最小的风中
作精细的雕刻
刻一百年仍嫌短
你仍在我的臂弯,直到

最后一秒，月光落下来
将我的头发围成一片银白

    1980年8月

夏夏的花

这郁郁的潺潺的芳香
是从这些有淡淡药味的小瓶里飘出来的
是从你的手指流出来的,夏夏

这么多的药都没把妈妈的病治好
倒是这个药瓶给治好了
妈妈该起床了,夏夏

你小小的无限的四岁的爱
让我们的竹棚子变成宫殿
让妈妈插一朵花在我的公主头上,夏夏

山野的金樱子花枕头草花紫绒球花花
你们不懂得自己多好看
只有夏夏知道,只有夏夏,我的夏夏

1980年8月

夏夏的生日

夏天把生日给夏夏带来了
夏夏是苹果
夏夏的生日住在一只苹果里
让我把手洗干净
再去抚摸这只苹果

妈妈没有蛋糕
妈妈竟然买不起一只蛋糕
夏夏过生日不吃蛋糕
蛋糕没有夏夏的笑声好吃

夏夏不哭,被刺藤绊倒了也不哭
羞那些叶子
那些滴滴答答的叶子
没有夏夏听话
夏夏长高了
夏夏这是第三个夏天了
第三个夏天你懂得帮妈妈拾柴火了
夏夏把生命给夏天带来了

1980年8月

森林童话

站在山上

你看我的森林是一片海

我就睡在海底

美人鱼一样睡着

青苔爬在我身上,作我的绿被

当我醒来它们就悄悄退下

挂在路旁

当我醒来总是鸟唱

这些鸟是我的朋友

虽然我不能一一叫出它们的名字

猎枪响的时候

它们就不见了。你站在山上

可看见从森林之海

呼啦啦飞起的一群

我的朋友有时抖抖翅膀

留给我一根两根美丽的羽毛

作我书本里最新鲜的书签

我常常摘几朵小小的蘑菇缀在身上

便是一头小梅花鹿了

我在森林里奔跑

留一串脚印等到春天发芽夏天开花

等鹿妈妈把我领走

鹿妈妈我想做你的孩子

有很多树枝调皮地拦我

狼的眼睛装鬼火吓我

偷果子的小刺猬

一到晚上是不是你在学老头咳嗽

小溪总是不停地流

有很多鱼儿在我身影里游

是谁投一枚松果

把我的影子击碎

小松鼠，小猴子

原来是顽皮的你们来了

太阳在树叶间和我捉迷藏

要想捉住它

除非长颈鹿把树叶吃光

我使劲练习把脖子伸长伸长

这时我真想做一头长颈鹿

风给我送来很远的消息

带一点腥味儿,那是海

带一点土味儿,那是山

带一点香味儿和烟味儿

那是城市

你站在山上,你告诉我

那该是蓝天下的城市吧

城里的老鼠是不是住在烟囱里

没有松鼠的小木屋

有了闹钟就再不要啄木鸟打更了

每个晚上,那些孩子睡得很甜

早晨,他们就开始幻想

幻想森林中的我是一个童话

有一只小木桶,打水

有一只小竹篮,盛花

幻想我头上戴很多很多花

幻想我衣角绣很多很多花

而我走的总是一条开花的路

他们想要我摘哪一朵呢

九点半,老师就要他们写命题作文了

他们不约而同都写我了

我不知道在作文里我是什么样子

无论什么样子我都很快乐

白天吹蒲公英很快乐

晚上数星星很快乐

我的朋友中

有一只曾在城里的房檐上停过

它回来告诉我

说孩子们都想我

他们夏天要到这里来

现在，我该给他们准备些蝴蝶

准备些漂亮的树叶子，果子

那时我就躲到森林深处

任他们把我想象成一只梅花鹿

一只金翅鸟，或者

小松鼠，小刺猬也行

你站在山上你看见我了

求你替我保密

别告诉孩子们我是谁

1981年9月

六 月

六月,取第一片胭脂
把粉红粉红的节日
拍在孩子脸上

孩子们比花朵比小鸟醒得还早
快乐的色彩和声音飞翔着
六月,快乐地飞翔着

六月在秋千上荡着
六月在轮椅上旋转着
六月在木马上摇
摇出许多笑声来
摇出许多歌声来
那么天真
那么纯净
那么清脆
六月的声音真好听

六月在女孩子的头上开放着

六月在男孩子的脚下奔跑着

惹许多蜜蜂来

惹许多蝴蝶来

惹大人们嫉妒惹我嫉妒

嫉妒许多梦我没有做过

孩子们做了

嫉妒许多歌我没有唱过

孩子们唱了

我也当过孩子，当孩子时

我不知道六月是什么

六月那么蓝

蓝得似海

孩子们的白衬衫该是海上的帆了

孩子们的红领巾该是帆上的旗了

孩子们的黑眼睛该是旗上的星了

有一阵小风轻轻地吹

那些小旗子轻轻地飘

小星星一闪一闪

荡漾在蓝蓝的六月

孩子，你们要去哪里呢

去沙滩和六月一起晒太阳

去山岗把透明的六月深深吸进肺里

去六月深处

多采些风琴的声音作标本

六月好蓝

六月好深

六月好透明

六月是多肤色的

多肤色的六月制成邮票

燕子衔走

飘进树林子

飘进竹的木的玻璃的窗格子

六月的羽毛最轻盈

我们的六月是黄的

黄黄的六月是太阳给的

太阳给的六月是金灿灿的

金灿灿金灿灿的六月啊

1982年6月

第三章 远方

北 方

这是最好的季节
无人能托起一个秋天的重量

只有上苍摆放于北方的餐桌
巨大,丰盛
那张油浸浸的黑色台布
转动日月星辰
转动稻谷、玉米、大豆、高粱

田野佩戴红缨
阳光扬起白马的鬃,辉煌而高傲
我一头撞进热闹的大地婚礼
把自己等同于庄稼
等同于一垄一行

一眼望去,黄了,满了
我这个经历荒年,刻骨铭心的人
穿过野菜,蕨头和饥饿的记忆
找到在代食品店排队的自己,问

你在想什么

我在想——黄了满了的粮仓

地要深翻,肥要多施

一粟一穗要供奉在最高的圣殿

地球正处于消费的狂热期

人啊,看紧你的餐桌,你的碗

你碗里的饭,碗里的汤

收获以吨计,喝酒以亩计

在北方,不会喝酒也要喝个半亩

再种上一万亩辽阔

送给自己的胸怀

然后扛着北方回老家

扛着新采的榛蘑和上好的杂粮

2008年9月

大峡谷

我相信,任何存在
都有一条裂缝。肯定有
让事物本身迅速改变
天山也是这样
一条裂缝,成就了一条大峡谷

乘机而来的,总是风
有时从正面,有时从侧面
风沿着最初的裂缝往里钻
往里刻!极其尖锐
极其深度地往里刻
甚至肆无忌惮在里面打旋儿,做巢
孵出一窝怪诞形体

有时,风从后面
就成了刀之外
另一种暗器

呼啸声不断传递着风速

和即将到来的平静

我们就在这个时候

沿着峡谷走

看到了世间最好的风景

最痛的山水

  2004年8月

小火焰

一群盘旋于天堂和圣光中的鸟
一群雪莲,一群下凡的星子
一群鱼,在荒漠无边的朔风中游动
一群马,抖擞血红的太阳的鬃
一群跳动的幽蓝幽蓝的小火焰
突然出现在奥依塔克
出现在今夜,在夜的篝火
夜的中央

顿时
我目光沦陷,再也无法收复
我双耳失聪,世界寂静无声
顿时音乐忘记音乐
舞蹈忘记舞蹈,诗忘记诗
倘若此刻战斗打响
顿时哑了所有枪筒
折了所有箭戟,战争
忘记战争

盘旋于天堂和圣光中的

柯尔克孜小少女啊！跳动的

幽蓝幽蓝的柯尔克孜小火焰啊

我唯一不能忘记的

是你的美丽

2004年8月

一棵树

它们是这样成为一棵树的
一棵树生铁一样楔入另一棵
一棵树成为另一棵腹中的钉子
没法拔，不能拔
那场雷电已经过去一千年
它们一起死过三百年
撕心裂肺地，仇恨过三百年
用同一把冰雪敷疗伤口
又是三百年。最终选择活着
活着，就是宽恕别人同时也宽恕自己
它们保留各自的姓氏
两种不同的叶子在风中招手
这棵树让我无法忘怀
它在南疆温宿县神木园

2004年8月

和田的无花果树

上苍赐予大漠的生命奇迹
无水而受孕,无花而结果

一张口,吃过成吨成吨的风沙
经年累月地吃,一天也不少
你把风沙吃到哪里去了
怎么吃得自己郁郁葱葱

快六百岁了
枝头诞生了多少鲜嫩欲滴的婴儿
只有上苍知道
你自己早已数不过来

这么多千里外万里外的人
双手合十,以你的果实为灯
笼罩于巨大的生命气息之中
这么多人,手指迅速灌浆
毛发迅速葱绿

绕树三周,默默祈祷
树说许个愿吧,只要心诚
要什么我都会给

我从青山绿水来
天待我太厚
我不能向你要瓜果,要丝绸
更不能祈望在墨玉河边,捡到一块
价值连城的羊脂玉

我捡起一片地上的叶子,一片箴言
我想我首先应该学会
珍藏一些,扔掉一些
甚至腐烂一些

我想我通过你已经获得上苍的赐予
和田的无花果树
一棵树就是一座森林

2005年12月

戈壁乌鸦

不是一群
不是集体主义者

看你的那个黑
像红到终点的红
自太阳心中滴出

看你的俯冲
像一片削薄的铁,轻啸着
插进飞起来的尘埃

我把你误认为鹰了
我摸到你烈焰中的抵抗了

眨眼之间
千年的黑夜亮了

最后,你落在离我不远的砾石上
校正了我对英雄的片面认识

乌鸦，戈壁的独行侠
假若我有羽毛
每一片都会因你而战栗

2004年8月

下一站

下一站
一次次被车轮扬起的尘埃覆盖

背负着烈日和冰雹
我要赶往下一站

那酒旗飘摇,备好茶水的
那窗明几净,一尘不染的
不是我的下一站

那花潮汹涌,滔滔的鸟声迎面扑来
载歌载舞的
不是我的下一站

一路颠簸
与十万里风沙结伴而行
我要赶往我的下一站

我的下一站

在大漠以西，红柳以西
盛开的沙枣花和马蹄以西
一段最好的人生以西

我的下一站选择空白和停止
在地图上找不到它
它在我的心脏以西

      2004年9月

鹳雀楼

如果你想知道何为占领

超越一切的占领

不费一枪,不伤一卒

仅仅派出二十个汉字

干净利落

你就去登那座楼

那座

黄河边的鹳雀楼,在永济

唐朝的鹳雀楼,在王之涣

在日落之前

在黄河入海之前

如果你携带十卷诗文

十卷山水

十卷风雪雷电

终未到达生命和境界

你快去登那座楼

王之涣的鹳雀楼,在永济

在日落之前

在黄河入海之前

如果你想看得远一些

再远一些

远到永远……

  2004年7月

千仞之上

在弹子山,锅圈岩
在千仞之上,烈日之下
群峰与我对视

震撼。晕眩。恍若骑在苍鹰翅上
偶尔低头,看峡谷也是一丝裂纹

深深勒进岩石骨缝里的
是闪电?还是一声马嘶

四野苍茫,肆意地
往我目光里掺进凛冽与荒凉

这样宏大的场景只有身旁这位画家
才配拥有!只有画家
才能在天地间纵横驰骋

浓墨重彩之后,渐渐淡出的
只能是画家那细细的,不经意的

若隐若现的一笔

那一笔让整幅画面动了起来
那一笔通向山峰、道路和远方
那一笔是乌江

  2016年8月

玻璃桥

峭壁如削!现在我就站在
峭壁之上的虚空里

腿软,恐高,小心脏几次跳出来
又几次被摁回去

只敢平视、斜视、远望
望对面悬崖,几疑上过琉璃釉

白太阳还在一遍一遍反复涂抹
微微发蓝、发青

有鸟飞过。其中一只已经两鬓斑白
脸上挂着与我相似的表情

它用叫声撞响石壁
就觉得是岩石在叫,一座天空在叫

白云轻盈如絮,一挂一挂

就觉得是从地里刚刚长出来的

树尖新叶如花,一团绒毛球球
就觉得聚集了一股蓬勃向上的气息

苍山如海!这个上午有多宽
我的心情就有多宽

最后,我将目光垂直放下,放下
放进谷底

人生何其不易
我还要看看自己的深渊

      2018年8月

箜篌城

时光从数千年前流泻而至
又往后飞逝
高速路上，一群人挟风裹雨
穿过一支被遗忘的乐曲

快啊！卫国已远去
箜篌城已深埋
天空的门渐渐关闭

一截土夯的城垣
就是遗址。大树空空
我们似乎被果实抛弃了

有人从手机上搜出一架箜篌
试图从图片找回卫国的表情
用感觉触摸屏幕
触摸一具音乐的胴体

我猜想那时水是丝弦状的

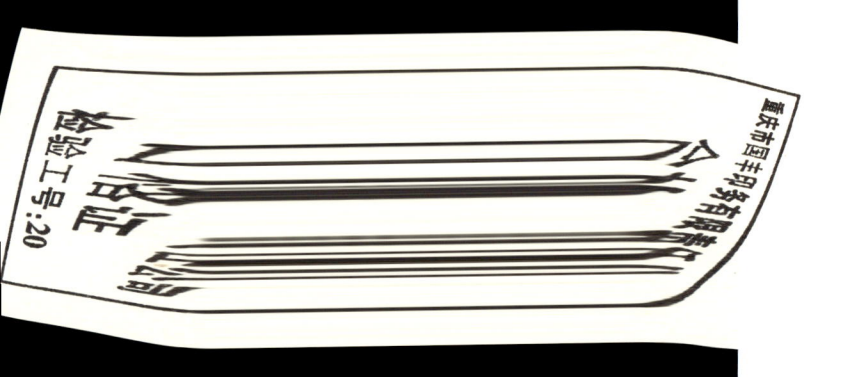

风是蝴蝶状或者弯弓状的
那时种箜篌如同今日种大蒜
大蒜洁白穿一层薄薄的贴身紫衣

那时几百台箜篌列队鸣奏
如同昆山玉碎，芙蓉泣露

师延和一群曼妙的紫衣女子
一群古时候的文艺工作者
在欢乐和忧伤中，将一个王朝
弹拨得飘飘欲仙

歌舞、龙辇和刀枪剑戟
卷土重来
我的城池响了

2013年10月

到了中牟

到了中牟

就是到了中原

到了华夏最早升起的炊烟

就想用瓦罐盛水,用鼎煮汤

用苇草盖一座茅屋

种田就种圃田

就想随一条黄河鲤鱼游回历史

抚摸深陷于波涛里的天空

就想匍匐在地

亲吻厚土里的亲人

以及石磨重压下的黄昏

就想一一召回

从黄昏传来的鼓鸣声厮杀声

从崔苻泽,从官渡

从一代一代铁蹄践踏的血泊里

就想粮食就叫粮食

永远不叫粮草

就想给逐鹿中原的将士

每人一只大碗

盛满母亲锅里热腾腾的河南烩面
啊！到了中牟
月亮还是那么白
仿佛从未染上时间的沧桑

     2013年10月

船　上

这不是一条普通的船

除了吃水线很深

还吃着很豪华很会议的饭

一船灯火辉煌，一船文章锦绣

两岸峭壁如削，不种庄稼

只种诗词歌赋

广播在叫同志们快去吃夜宵了

晚宴结束不到两小时

一个诗人，显然有些惊讶有些激动

船不小心触到他眼中的礁石

他说他想起了白天看见的

那些悬梯，栈道，背篓

那些赤脚爬过险滩的纤夫

这一顿要吃掉岸边几大片薄田啊

他摇头。他感叹。他拒绝。他凝视窗外

船模仿鱼，把家筑在水中

在梦里也紧紧攥住微微发颤的大江

一群山峰在夜幕下继续奔跑

会议继续行驶在预定的意义中

许多年后,我忘了会上都发了些什么言
只记住其中一个普通的诗人
在这样一条不普通的船上

      2014年3月

赵 佗

龟峰塔一砖一石都在诉说
是你,一剑劈开南越的瘴疠之气
这里才有了农耕,有了繁衍
有了最早的客家人
把你的名字天天挂在嘴上
用一座城来唤你,还是不够
还得修一座庙,两千年香火不绝
一只秋虫从天黑一直叫到天明
还得铸一座铜像,让你的子民
天天看到自己的父母官
官不在大小,造福不分先后
谁能润泽一方,谁就能
将荒芜的人心开垦成风水宝地
你闪亮的额头
飘过历史无比纯洁的朝霞
一个老妪,怎能不肃然起敬
做龙川首任县令
你才二十三岁。率五十万大军
挥师南下,你才十八岁

你叫赵佗，是秦朝的人

2013年6月

在小南海你看见了什么

你看见水,碧绿碧绿的水
水中有岛,岛中有树,树中有寺

你看见白鹤、鹳、野鸭、鸳鸯
一群蓬松的词语在水面翩翩地飞

你看见成群结队的巨石
在水中在岸边,奇形怪状
极不和谐

或卧、或蹲、或立、或跪
沉默着。存在着
存在是为了作证的

你看见来自地球内部的挤压
何其猛烈!鹰叼来一行绝句
悬挂于绝壁

当黎明穿过长长的隧洞

穿过夜的喉咙,你看见了时间

你看见1856的清晨,地震前一秒钟
小羊羔唇边第一朵带露的紫花
武陵山盛开的马蹄

你看见了水下
一个村庄一座森林
一千人三千牛羊八面风暴十面出击

仅仅一百五十余年
水就成了琉璃,眼泪就成了钻石
灾难就成了风景

你被一束光惊醒!你看见了沧桑
你看见小南海在暮色中沉淀为巨大的静

2013年12月

青海的草

蜿蜒不绝的被子,纯棉的,弹性的
高原八月的另一层皮肤
是青海的草

经幡拂动下的吉祥文字,生生不息的
牛的,羊的,马的,连虫子
都想生根发芽的
是青海的草

用情歌,酒,和生命源头的水
浇灌。醉人的,静谧而热烈的
让花儿一朵比一朵唱得嘹亮
是青海的草

在蜿蜒不绝的碧绿的早祷声中
让我埋下头去,朴素地嚼着
吟诵着。让我的蹄子点点点点
一路往西,登上最高的殿堂
是青海的草

2007年8月

日 出

一切都是最好的安排
寅时、月亮、露水、敖包、经幡
隐隐的哒哒哒的蹄声
一轮红日
踏着红云扬起红鬃骑着一匹红骏马来了

来了
大草原的日出
上苍之手加持过的日出

现在我想把它看成是一个老人的日出
如果可以
这花这草这亮晶晶的水就是我的
这一座天空也是我的

如果可以
我就看见了血胎中的自己
正发出崭新的婴儿一样的心跳

如果可以

我生命里的能量

就有可能多一些，更多一些

因为加进了奶茶、篝火、青草、星星

爱和太阳

我必须感恩并牢牢记住这个瞬间

余生最年轻的一天

就从科尔沁

从5点15分的日出开始

2019年8月

晨 记

清晨
多数人在那一边
我在这一边

扎鲁特，成了我一个人的草原
高处有敖包，有经幡拂动
低处有蒙古包飘出的炊烟

遂想起辽代，誉州
这古城将士的驯马场
金戈铁马，繁星叮当，蹄声斑斓

难得这静谧这辽阔这一个人的草原
我甩开风衣作驰骋状
才发现

我早已不会奔跑
早已习惯于狭窄街道的行走
习惯于人世间的小心翼翼，接踵摩肩

这辈子注定做不了马,更做不了鹰
缓步走向插有柳枝和苏德的巨大石堆
默默祈祷,绕敖包三圈

大地鲜嫩如初,忍不住把头埋进青草
唇边沾满野花和第一道露水
此时旭日升空,月亮还在

竟感觉全身血液葱绿,力气倍增
扎鲁特,嚼完这一根,再嚼一根
我就是你的牛了

2019年8月

好　马

对面那黑压压的一片，是啥
在看台上坐了十分钟
我这个后知后觉者
才猛然醒悟，是马

是珠日河哲里木赛马节的主角
是蒙古高原各盟各旗百里挑一、千里挑一
挑选出的马，好马
一万匹好马

好马英俊，强壮，高大
好马鞍上有翅，蹄下有风，眼里有情
好马不排斥缰绳
好马是马中的特种兵

一小时两小时
那黑压压的一片还是一动不动
在500米以远，我看不见马头、马尾
看不见马脖子垂下的优美曲线

作为主角
一万匹好马也许早早集结在此
烈日晒干了草叶上的露水
可以想象，它们也会大汗淋漓
也会烦躁，不安

马啊马，它们用怎样的毅力
才能管住性情中的狂野不羁
用怎样的意志，才能锁住血液里的风暴

在某一特殊时刻
马，是不是一样会咬紧牙关
齿间一样会发出钢锉一样吱吱吱的
细微声响

我坐在宽大的白色遮阳棚下
情不自禁，向那黑压压的一片致敬
向大草原的等待致敬

向世间一切伟大的忍耐与克制致敬
向辽阔，向欢乐，向辉煌，向马
致敬

两小时三小时四小时

时针与分针开始松动

好一个主角登场！好一个万马奔腾

好一个十万人的看台

被哲里木的灼热气浪举在空中

2019年8月

车窗外

我的兴奋
猝不及防,与车窗外
迎面跑来的第一只羊同时降临

兴奋指数,翻越达坂山
随手机上的海拔
一百米一百米升高

羊啊,被阳光灌得酩酊大醉
悠悠然啃着时光的羊啊

哪里还能找到这样清洁的草
这样幸运的牛羊

就连路牌上一闪而过的地名
门源、张掖、峨堡、阿柔、阿力克
读起来都让我唇齿留香

一群静物近看是羊,远看是蚕

极目处是时间

人是一个永恒的字
钉进这无尽的苍茫

2019年6月

风

风在赶羊的同时
把地上的丹霞

把森林、河流、青草、佛塔、经幡
赶往西宁以西

接着赶来一座城市
赶来学校、银行、超市、酒店、剧院

赶来赛马节旅游节文化节诗歌艺术节
赶来盛世草原

赶来高速公路赶来加油站
风,苍劲而斑斓

赶来海拔四千米的机场
正午太阳,伏在一匹空客的翅上

2019年6月

牦 牛

威武的不同凡响的草原家族
壮硕无比。体重以吨计
脚步声以锤计

一身油亮华服
以一大块一大块丝质的黑夜计

我走近它们,十米、五米、一米
一米之内。一股热烘烘的体味
混合着粪味,新鲜、刺鼻

这岩石一样的沉重之物
它们长长的胸毛幕帘一样垂地
遮住肚腩以及隐秘部位

突如其来的红纱巾飘过草地
刹那间,我看到一双
婴儿一样混沌的人类的眼睛

一丝不易察觉的惊异的光
掠过。然后一个转身
迅速跑回它的队群之中

2019年6月

阿米东索

我认定挂在我窗户右侧的
那顶雪亮的头盔
就是阿米东索

我认定那群手捧哈达载歌载舞的
中学生,那牧马的少年
就是阿米东索

那火苗一样跳动的藏族文字
就是阿米东索

一只新生的羔羊来自天堂
那母羊饱满的奶汁
小羊唇边第一朵紫花,阿米东索

那圣洁、那恩典、那吉祥、那安康
那太阳、空气、水
那弥漫四野的芬芳,阿米东索

我还认定我内心
已经获得满满的具有神性的欢乐

阿米东索

我要走了,车就在门外
现在我什么都不做,不想
我就看你!阿米东索

树枝弥漫银光
瓷从天空游来
那至高无上的雪啊我仰望阿米东索

我的心跳与广袤时间的跳动一致
我幸福的忧伤与微微发蓝的白云一致

我目光带电
真担心持续两小时的注视
会融化山巅的积雪,阿米东索

我带不走你的蓝天
带不走你的云你的雾
你的河流你的风光无限

就请过路的大鸟掉下三粒草籽
让我繁衍成另一片草原
阿米东索

2019年6月

疏勒河

日月往西
日月的方向是男子的方向
水流往东
水流的方向是女子的方向

而我要追随你径直往西去
许多年许多年
风为你狂野山为你雄壮
但我还是要弄一支羌笛
缠缠绵绵吹过嘉峪关去
还是要弄一船月牙
剔剔透透撑到鸣沙山去

一直到你的驼队与马队
驻足不前。到你干渴的双眼
只能畅饮蜃景
到你迷路，昏厥
四处寻找铜钱、瓦罐与白骨

夕阳埋进沙堆

又一早一早地站起来

那是我用我温柔的带血的手指

从坟墓抠出来的生命

但是九色鹿不是我

摘取火种的英雄不是我

护佑你巍峨健壮的女神也不是我

我只是穿着土布衣衫的疏勒河

随你西去，要说话更淡，走路更轻

在鲜明的反差中与你和谐

当呼吸下沉到你的沙底

会有沙枣花开在我的床上

我就这样一步一步滋润你

一个冬天孵一窝卵石

一个夏天生一片绿洲

这世界如若没有温柔

一切生动的脸都将枯萎

日月往西，日月的方向是你的方向

而我要追随你径直往西去

1985年8月

往库姆塔格沙漠走去

往库姆塔格沙漠走去
结果会怎么样
结果是一堆散碎的意境
黄色一层层盖过绿色
风一天天吹

一切经验都拒绝与我为伴
风沙最终要抹掉我
而祈祷是无用的
而月亮正在死去
而我正往库姆塔格走去

啤酒瓶的遗骨在风中大笑
我必须学会在沙漠抒写狂涛
太阳刺我,风沙捶我
只有天边有水,有船,有树
有坠落在水上的钟声
在唤我。在库姆塔格,我饿了
两瓣凋谢的嘴唇

衔不住西去落日
一只黑鸟从我右边的天空
飞进我左边的天空

结果会怎么样呢
结果也许很坏
而我还是要往我的沙漠走去
一只瘦蝶，一张最薄的怀念
最终渺小如沙，伟大如沙
我松弛的思维躺下

1985年8月

告别酒泉

一阕月光
任你吟出几多醉意
戈壁风回旋到此
已被酿成酒的支流

酒泉滴滴
滴落即成以往
生活即成告别
酒中看你胡旋
看你墙上醉步的书法
一排雁声，涉过酒泉
便不再是关内的鸟儿

雪峰挂在你右边的窗上
家乡挂在你左边的弦上
听你弹淡蓝的思念，淡了又淡
那么酒是今夜的上帝
上帝说酒可以满，月不能圆

酒泉滴滴滴落即成以往

生活即成告别

告别的酒容易醉人

告别的月光容易伤人

1985年8月

森林之爱

快去迎接这一群孩子
这些赤脚穿过沼泽地的孩子
这些眷恋故乡却要忘却故乡的孩子
这些冲破蔑视与屈辱的孩子
这些太阳的弃儿

他们不约而同地走向你了
走向你樟子松一样葱茏的爱了
黑土地上的森林母亲啊
你就用第一间木刻楞
接纳了你的孩子
抖落了他们身上和心上的风雪

整整一夜,你烧起篝火
给他们讲一只鸟衔石填海的故事
要哭,就扑在母亲怀中大哭一次吧
只哭一次! 你用零下40度的严寒
去庇护这群孩子,教会他们
用呼啸的大风雪擦洗伤口

用冰窟的水煮蘑菇的鲜味

用满山满岭的都柿果

去酿造自己的酒，自己的青春

自己的爱情

活下来必是栋梁

森林母亲

你就这样无比相信自己的孩子

     1984年8月

窦团山问

谁最静
谁最从容，谁最沉稳

谁能在山水里一坐千年
谁仅凭一座星空几滴鸟鸣
嚼墨弄文

随身行囊要尽量的空
尽量的轻
谁舍得把功名、利禄
统统扔掉！谁舍得捣碎

捣碎自己的明月
捣碎词语制造的娴熟技艺

谁的心为石头而软
谁的血为杜鹃而红
谁的足趾生满云雾和花香

谁能走进拔地而起的窦团山

将旅途坦然悬挂于绝壁

谁能喝粗茶吃淡饭穿布衣

采四海朝露，获取天地间

绵延不绝的生命气息

谁愿做那棵千年黄连树，苦着

却枝繁叶茂

谁能还原一个唐朝诗人

      2013年5月

赴一座古城的约会

赴一座古城的约会
在雁江,正是桃红柳绿,正是春

一群着汉服的女子
许是我的孙辈,而我想为她敬茶
我更愿意把她想象成
我公元前的母亲

她们裙边绣满花香
伴我走过楼台亭廊,走过每一个转弯的
路口,走过幽径

我更愿意以一个村姑的身份去汉朝
宜布鞋,宜头戴野花,宜淡妆
宜浅绿浅蓝浅紫浅粉
宜娉娉,婷婷

若要写诗
宜毛笔,宜竹简,宜押韵,宜五言、乐府

勿须发表，哪一句不倾国又倾城

字库塔上琴声袅袅
我更愿意相信那双抚琴的玉手
已得苌弘真经

我更愿意称沱江为资水
更愿意把水边三三两两的白鹭
看成是从汉朝飘来的微醉的佳人

     2018年5月

风至八级

风至八级
一场大规模的扫荡开始了

站在风口的山榛子树啊
预感中的撕裂就在今天

远远地,我看见了你们
与落日同坠
与地平线形成三十度,二十度,十度的角

匍匐
昏厥中的挣扎
生命里最伟大的忍耐和克制
我看见你们山榛子树集体匍匐

风至八级,铁已藏进岩石
水已回到冰川
荒凉已下陷至十二月最低处

只有你们

一生不从风口挪动半步的山榛子树啊

不屈如勇士

悲壮如筋骨嶙峋的高贵兽群

匍匐于落日的方向

把啸声留在空中

      2008年12月

红草莓

在你的弦上摘了一颗
我就成为你的歌谣
红草莓的歌谣

我和你只有一个太阳
六月的莱茵河畔的太阳
多汁的太阳滴出怀念
古典的少年维特似的怀念中的
红草莓

草莓有一棵菩提树
菩提树有一段被汽车扔下的路
路边有一个小酒店
小酒店有一张蓝餐巾
蓝餐巾写着很多草莓

你这小写的德语字母,多汁的鸟儿
你这穿越植物音波的红草莓
从一些陌生的名字起飞

成为另一片在空中飘动的

我的果园

1985年6月

柏林西

几个夜晚
我用辛夷木赶制一辆车子
用桂枝赶扎一面旗子
结果我还是骑一羽天空飞来

故宫的皇帝比我早到
已坐在广告牌上读德语
纷纷扬扬的小熊,绣满市旗
用前掌擦拭自由神的铜翼

我被三角镜分解成无数个自己
弄不清哪一个自己是真的
比别离更远比镜子更深
是一次记忆,我不敢
将所有的感情和意识交给电脑

抽象派油墨浓重洒泼
犹如钢铁碎片。又硬又烫的钢铁
从这座城市出发
在欧洲的肋骨上弹奏哀鸣曲

太阳哭出血来

又硬又烫的钢铁

最终又回到这里

将凯撒威廉教堂轰炸成艺术

艺术与我们共醉一杯酸葡萄酒

再用四国的餐刀切开面包

再往面包脸上抹果酱

一只丝袜翘着

顺电梯而上我踩响吊钟

惊叹你的华美和富有

却不知马克为何奔忙

咖啡为何失眠

黄昏时你约我去过教堂

听一片钢琴弹起巴赫

在幽蓝的光晕中

诗歌踏着上帝的脚印而受孕

并一起祈愿尚未出生的孩子

目光不再被山，被火，被墙

挡回来

1985年6月

胡苏姆

微小而谦逊的太阳
躲到哪儿去了,傍晚真冷

冷才能感到毛皮地毯的温暖
乡村,牙科医生家
橡树的门打开
中德作家作品交流会
声音的圆盘上
转动1985文字的星光

你的山毛榉黑色树干
摇响我胆怯的影子
上帝的圣杯伸手可及
唯一的祝福是
每一杯都要盛着他自己

我的一杯来自故乡
它沾满草叶,清纯而微苦
高贵的超现代视我为外语

这时你转身打碎香槟酒瓶

冰淇淋举着小伞

从胡苏姆一家小小的咖啡馆

赶到郊外寻找牙科医生

治疗被文学染上的病

没想到这位牙科医生爱写小说

他走到麦克风前

朗诵文字,如朗诵一排牙齿

    1985年6月

圣母像前

在祭奠你已不是一种罪过
才来祭奠你
这已是我不可饶恕的罪过
母亲,何时你被捏成石膏
伫立在雕花圆柱上,伤风的
大理石,忧郁的钟声
全都淹没在忏悔的眼泪中

泪被稀释,一切都过去很久了
又忆起它的美好
被太阳灼伤的岁月,向谁去诉说呢
我只能绕过细节与你说话
绕过你去的那条路那座坟
在月亮深埋的地方,把你找回来

在黑蝶围绕中的红烛
在巴黎圣母院
母亲你被捏成石膏,细腻,温柔
披一身漂亮的法兰西语看着我

你不是我身患绝症的母亲啊

你不是我衣衫褴褛的母亲啊

只有圣洁与受难的目光依然

挂在脖子上的灵魂

无声无息地呼喊着耶稣

而耶稣每一刻都在出生

每一刻都被钉在十字架上

母亲，谁能真正帮助我们

1985年7月

一个夜晚的感觉

我和你的倒影

一块儿在莱茵河畔饮水

文字与文字侧耳倾听

并吮吸彼此的油墨

将地平线抛过头顶

舞一条节日彩带

你的华美,已熏染我的目光

爵士乐一锤一锤

炸响夜色与牛排

椭圆的路环绕东西

一粒葡萄,已坠入椭圆的夏季

今生的我有幸已见到你

不幸已见到你,我无法抛开你

又不能真正靠近你

可知与未知

闪烁在明明灭灭的灯火中

裸体的风快乐地吟唱着

梦在出游还牵着一只狗

夜色开启，又缩进闭路电视

各色各样的声音脱掉睡衣

孤独时敢于不望月亮吗

荣耀时敢于拒绝所有鲜花和掌声吗

理解如水

偏见如墙

敢于逾越和奔流吗

地球是一粒物质的葡萄

一切都会亲近

一切又会陌生

1985年7月

墨西哥湾

这一天,古老的墨西哥湾
正上演一场暴力悲剧
鱼类和海鸟穿上厚厚的盔甲

大海暴露出严重溃疡
它的血是黑色的,浓烈的,极其污秽的
像隔夜的地沟油

远处是赤道
一排波涛警惕地守卫在赤道线上

还是这一天,我梦见成千上万死去的鱼群
在深夜破城而入。它们不是游
是走,气势磅礴却又无声无息地走

走在我常去和没有去过的那些大街上
像一群赤手空拳的抗议者

2011年8月

拉斯维加斯如是说

我极尽世上的奢华迎接你
金币铺路
少女手捧珠宝和红唇

高高垒起古埃及的石头
借用一座金字塔
压住西部寸草不生的荒凉

用卷边的玻璃配上花饰
用中世纪的浮云配上浮雕

火山与音乐一点即燃
一场盛大的秀即将开始
我引进威尼斯的水,一滴一滴

又一座富丽大厦即将竣工
夕照中它全身披挂幸福的巧克力

我的城池

建筑在人性最脆弱最贪婪的连接处
昼夜颠倒，我的生命从日落开始

我的时钟已处于临阵前的亢奋和冲动
我的臣民以机器虎为伴以筹码为食
我的上帝又聋又哑

如此这样，你可以体面地躲避崇高和良知
挥金如土，忘掉负债危机，你尽可以
毫无顾忌地

经济数字乌云密布
我人造一个天空
终日白云蓝天，将你笼罩

2011年8月

飓 风

我并不清楚我的企图是什么
从何而来,和大地有什么冤仇
一开始我只是个无耻小人
一路逶迤蛇行,让你以为
我在踢一场艺术足球

突然,我血脉偾张,发出咆哮
一只无形巨手,让地球从根部撕裂
让道路和山脉悬浮在空中
让你的房子车子树子,全都片甲不留

我拎起一片海洋
就像拎起一块丝质小手绢
抛上去又扔下来
在三千米高空,我调集全体风暴雷霆
往下砸!一次一次狠狠往下砸

我时不时都会这样来一手
管它是什么国什么家

管它有什么样的重武器我都不怕

这一次我取了一个好听的名字叫艾琳
在佛罗里达边上晃了晃
就一路北上,经纽约、波士顿到加拿大
我就是恶魔。专与骄横自负的人类作对
我不清楚是谁把我从那个小盒子放出来的

       2011年8月

老 人

她唇边那朵苍老的菊花
开得令人惊骇
她目光如梦如幻，掠过某一段光阴
她白发上的金色被谁用刀子一点点刮走
她曾经是个美人

她喜欢坐在这里
陶醉地。深深
吸进带着铜腥的斑斓气息
她以为一丝一缕，都连着她的前世今生

她一定爱过，恨过，狂喜过
悲痛欲绝过
现在她的爱变得心平气和，举止斯文
她的恨让一把锋利的复仇之剑
渐渐变钝

她来了
她实在太老了

慈祥的老奶奶不忘每天按时到动物园
喂她的宠物虎吃雪糕，比萨，小甜饼

她一生都在赌
输光了岁月
赢到的最大快乐就是没有快乐
相似于最高技巧就是没有技巧
她的脸就是一本翻旧了的赌博指南

2011年8月

得克萨斯州

焦渴的得克萨斯州
我遇上你百年不遇的干旱

你宽檐牛仔帽下的脸
露出裂缝和蛛网
一条河流抛弃了河床，离家出走

你的新闻
有一股毛发和皮肤的焦煳味
你的玉米期货，赔了

一株不识时务的另类植物
肉质花瓣开得像明星的大嘴
但是现在，我不喜欢这样刻意的谄媚

我喜欢你整日与牛羊和牧草打交道的人
他们戴着苹果耳机一边听时事、音乐
一边开着皮卡。在往超市送货的路上
知道了州长要竞选总统的消息

他们在这个夏季的汗水敲得土地当当地响
我听见了美国南方的心跳

鸟声为什么突然沉没
树林的簧片被谁拆卸
昼夜之间,一百八十余次森林大火
烧死了数以万万计的树,我喜欢的树啊
长在哪儿你都是与我血脉相连的亲人

我必须带着你的烈日和细碎的橡树叶子
一早启程,由休斯敦高速赶往奥斯汀
我要到宽大的自然议会去旁听

我发现朴素的得克萨斯州
四处弥漫着我喜欢的乡村气息
我还发现,自然之神与任何人都不谈条件
直接宣布真理

2011年8月

雨

一百六十二天逢第一场雨
我抑制住所有感官的激动
索性端一把椅子
坐在二楼阳台上
如品茶、品酒一样
品味休斯敦的雨

不小心目光越过围墙
墙的那边，老年康复中心
两个工人正在翻修屋顶
此时他们站在雨中
镇定自若，紧握雨的绳索向上攀登

这偶尔的雨点
像华盛顿政要的一次抚慰性访问
六分四十九秒，戛然而止
飞机带着鸟儿的心脏重新到达云层
屋顶又响起咚咚咚的敲击声

2011年8月

约书亚树

你看它披头散发,衣衫褴褛
袖筒鼓满阔大的风

你看它收拾起踉踉跄跄的脚步
挥舞胳膊,始终对着黄昏的背脊

你看它紧握毛茸茸的绿色拳头
那是从砾石里取出的生命

河流在这里断裂
死亡在饥饿、焦渴、困顿与灰烬里繁殖

它到底是约书亚,还是约书亚树
圣经故事有几页扔进了北美的荒漠

你看它挟带着车速八十迈八十迈地跑啊
本质接近于飞翔

它引领一个不曾读过圣经,一生
处于艰难跋涉的旅人,行进在一种意义中

2011年8月

科罗拉多大峡谷

科罗拉多大峡谷
是科罗拉多高原
被科罗拉多河一刀一刀刻蚀出来的

最早的一刀
刻于十八亿年前
长达数百里的高原刑场
造就了地球最伟大的地质杰作

刑场的横切面
一座露天博物馆
不同年代的灿烂岩石发出凛冽之光

梦幻中的蝴蝶,强悍而脾气暴烈的鹰
疲惫的双翼垂悬
它们最终没能飞出峡谷大门

这时谁还能说出身在何处
神把我领进峡谷,神却不见了

留我一人辨认来路

一句诗投向苍茫，没有回音

它远不如古老印第安人投出的一只飞镖

这时谁还能知道自己是谁

谷线最表层的石灰岩

距今也有两亿多年

人啊人啊连附着在岩石上的灰尘都不是

夜雾袭来

将巨大的科罗拉多峡谷轻轻抱起

随即，又一片岩石的意志开始松动

它的记忆穿越时空无限地沉默着延伸着

让我震撼直至恐惧

我只能掏出从中国带来的一群意象

跟随对面山顶的瀑布

冒着粉身碎骨的代价去突围

2011年8月

跟着水走,多么好

水,挽着九个寨子
芦苇一样的细腰,就那样流
流进恋爱中的红叶
马蹄偶然留下的花香
流进时间,多么好

我决定跟着水走
如果水的门自行关闭
我甘愿做一个狭隘的诗人
如果水流不息,我就有希望
我决定把十一月的情感全部交给水
多么好

此时水的行走是小碎步的
跳跃与飞翔是没有重量的
踏着白云,绕过灌木丛
吐出的气息是来自天堂的
多像我的小女神,小男神
阳光灿烂,多么好

点额、勾手、抬眉、抖肩、送胯
她们的舞蹈是十六岁的
秀发轻轻一甩
白银与珍珠就满地都是,多么好

突然,水长啸一声
我的众多小女神小男神
聚集,聚集,抱成一团,腾空而起
抖擞白马的鬃!青春无敌
多么好

我要继续跟着水走
我这个被高楼囚禁的人
哪里舍得放弃一点一滴
水从容,我就从容
水湍急,我就心跳过速
水往高处走,我就缺氧
我要跟着水
走进路的尽头,神的开端
走进天的蔚蓝里,多么好

大山里一汪深陷的蓝

海拔3200米至高无上的蓝

圣洁的九寨的蓝

蓝得多么好

在恍如隔世的绝代山顶，云雾缥缈

雪峰站在钢蓝色光芒里有若一道神谕

雪啊！重庆人无比稀罕的雪啊

多嫩多嫩的雪啊，一群银鹿

在阳光下一跳一跳

那是刚出生的水，多么好多么好

这时，我想说

我的爱就藏在雪线之下那丛旺盛的景象里

可是手机没信号，可是你找不到我

可是你渐渐忘了我是谁

多么好

让一个雾霾缠身的人，起死回生

让水回到清澈

让诗歌回到澄明

文字活色生香，流水般了无痕迹

词语在钢筋水泥的一侧

另辟蹊径。让一个老妪
从童话世界归来
只会写儿童诗,多么好

做一滴行走的水,居无定所,多么好
一只鸟闯入镜头,一首诗的结尾
翩然而至!多么好

2017年11月

第四章　我的爱从来没有这样沉重这样饱满

我为什么不哭

我为什么不哭
你给了我哭的时间吗

我唯一的母亲,那么多母亲被掩埋
我唯一的孩子,那么多孩子被掩埋
我唯一的兄弟,那么多兄弟被掩埋

我得刨,加紧刨啊
我刨了三天三夜,还在刨
我刨了九天九夜,还在刨

就当我是那条搜救犬吧

从泥石里,从钢筋瓦砾里
从窄窄的生命的缝里,一刻不停地

我在和谁竞赛,我必须赢
我必须早一秒到达
早一秒,废墟里的太阳就刨出来了

我必须从自己的废墟起身

必须认识灾难

必须向黑色聚拢

没有路

我必须携带着自己的道路而来

犹如携带着伤口而来

天崩地裂

悲痛那么宽

悲痛是一种多么巨大的力量

大地突然间生出那么多感动,泪水,敬意

和照耀

我的爱从来没有这样沉重这样饱满

我必须是我家乡的春天

我必须是重新的花香

我为什么不哭,我能不哭吗

尤其面对一长排一长排

色彩明丽装满琅琅读书声的书包

尤其面对散落的课本

天堂里的白蝴蝶

纷纷起舞，像滔滔的翅膀

我能不哭吗

我还是不能哭

我得加紧刨啊

偶尔打个小盹

我也在用梦的爪子来刨

用大把大把的眼泪来刨

2008年5月

黎 明

宝贝,快闭上眼睛
美美地睡上一觉吧
你才三个月,你的世界混沌未开

你眼里只有奶瓶,铃铛,彩色卡片
和一圈圈围绕你的爱

大人们很少提到灾难了
灾难却从午后的那一头轰然到来
把我们的家园摧毁

你也不知道黑暗是什么
黑暗是一种无法计算的重量

此时妈妈躬身倒在拐角的黑暗之中
双膝跪地,双手和整个身躯
为你撑起一片狭小空间

此时妈妈的心情是紫色的
紫色的忧郁的柔弱得快要折断的力

正向心脏，肺，血管汇聚

我要把你藏进夜的宽大的衣袖里
我要把你藏进朝日的胎盘里

宝贝睡吧，不要看见这一切
尤其不要看到妈妈滂沱的泪水
尤其不要听到妈妈全身骨头的碎裂

我感到身体正在变薄
已经托不住我弥留的翅膀
让我最后一次为你掖好被窝
宝贝啊你才是我花苞里的天堂

我仿佛听到黎明的脚步声了
是橙色的，绿色的，白色的，迷彩色的
黎明是跑步来的

别哭啊我的宝贝
你要保存好你小小的力气
等待光的救援

2008年5月

我的孩子

我的孩子
我是你的妈妈

我的盛开的花朵
我的蓓蕾
我的刚刚露脸的小叶子
你听见妈妈的呼喊吗

我把我大大小小的孩子弄丢了
妈妈的心撕裂了

从此
你只能从树根，草根中吮吸乳汁
一切植物的，还有动物的乳汁

你要多多地吸啊，不要挑食
吮吸那些你不熟悉的
石头的，煤的，一切矿物的乳汁

妈妈也是才明白
有时，时间是不善的

挟持你，逼你交出体温

假如还能重来
我要把你们一个一个全都装回肚子里

你是我伤口里的晴天霹雳
整整一夜，不，整整一生
我都蜷缩在巨大的哀乐中
我的孩子

你能穿过石块，钉子和无边的黑暗
循着妈妈的声音摸到回家的门吗
我的孩子

不要哭
现在我们来玩捉迷藏的游戏
看谁最早捉到凌晨的第一株光线

天空的门永远不会关闭
快去吧去一个有光亮的地方
看啊天使选中了你的嘴唇
上帝搭乘你的翅膀起飞

我肉嘟嘟的干干净净的孩子啊

你一定要保持露水一样的晶莹

你已经独自扛起了一座废墟
你的坚强，勇敢，镇定
让群山低下头来
江河向你致敬

人生还有多少作业
孩子啊把你未完成的苦难交给我

你冷吗
妈妈正细心剪裁一小块一小块黑夜
作你棉衣的衬

你什么时候送信来
我会把遍地小花小草
当作你细细碎碎的鼻息

今天，妈妈在暴雨中高擎闪电
战栗着，克制着
用雪亮的一笔，为你写诗
你要记住我爱你我的孩子

2008年5月

北川诗人

我这才知道有个北川诗社
五十多个北川诗人
这一天,一个都没有幸存

无疑是诗歌史上最惨重的一次
集体消失
没有诗人,谁来祭奠这一地月光

北川诗人
把心灵当成寺庙
进行过什么样的特别修炼
五十多支老老少少的笔
不求同日来,但求同日去

正在开会。诗会
不同于会议的任何一种
五十多只布袋,各自揣着
最动人的果实,最芬芳的情感

有人弄一支羌笛,走马西风
正大声朗诵
羌笛何须怨杨柳
有人正挖掘千年古寨的根

就是高谈主义我也不会反感
就是晦涩艰深我也会虚心学习
我也曾开过诗会
那些争论现在想来多有意思

诗人倒下,而诗歌不会
躯体腐烂,而诗歌不会
诗歌由特殊的物质构成
站在灵魂的峰巅,即使碎裂
碎裂的晶体同样叫做永恒

      2008年6月

悼抒雁

2013年2月14日。凌晨
漫天雪花开得如此绝望
黎明奋力冲破黑夜的喉咙
吐出最后一丝带血的朝霞

我拿着手机,发愣、发呆
不相信这是真的
我们尊敬的兄长抒雁
我们杰出的诗人抒雁
离开了他无比眷恋的世界

他怎么会不眷恋
如果把他所有的诗篇铺展在大地上
就是一幅无比瑰丽的长卷
这个站在山顶吹铜号的诗人
号声鹰啸一般穿过苍凉
他有什么理由从高崖急速下坠
岩石列队等待谁来演奏

这个小草一样歌唱的诗人

从泥土获取的力量多么巨大

我相信一根草尖足以顶住一枚雷霆

这只始终处于飞翔状态的

来自巍巍大雁塔的雁啊

他骄傲的翅膀凌驾于风之上

被诗神眷顾着庇护着,一刻不停地

飞过工厂、矿山、森林、牧场

凝固的身影,怎么可能

与落日一同坠毁在地平线

翻开今年第一期《诗刊》

还留着抒雁的诗

那些苍松翠竹般挺拔的

充满生命气息的句子,在二月就被

折断,我怎么能够接受从文字的骨头

迸发出短促而尖锐的撕裂声

可耻的凶残的贪婪的病毒们

我鄙视你!你只配躲藏在小小的细胞里

在一个凌晨哗变,夺走一个人的生命

而我，依然要把胜利者的勋章
送给他。我相信战局尚未结束
他一定不是你的战利品

因为我们兄长般的挚友抒雁
他是诗人！他光明磊落，心襟坦荡
他对世界怀着深深的悲悯
他洁净的手从不多拿世间一草一木
灵魂轻盈，只带着诗歌一起飞翔

       2013年2月

墓 碑

我逆血而来
看望九百九十九座坟茔
我的天空呼啸着淌泪

满眼墓碑
赠我众多儿女的名字
母性悲恸无声
我怎能体会四月在这儿的残酷
怎能咀嚼红土和蕉叶的火焰
怎能抵御箭茅草异样的体香

这些年轻的墓碑
十八九岁的枪支
像从土地长出的庄稼
刚刚拔节，灌浆
来不及收获就倒下了
我想，他们和它们
有如人的信仰和枪支的宗教
已合为一体
共同的沉默公式和牺牲法则
讲出了夜是自己的

白昼属于花鸟

我站在巨大的伤痕里

阅遍天体和掩体

我听见灵魂附在耳边说

士兵,是短暂而不朽的亘古式枪支

枪支,是英俊而潇洒的亚热带型士兵

士兵在光荣的深处

枪支在艰难的壕堑

相互拥抱,追溯彼此的起源

此刻,凝固的血

以新的平静汹涌

坟茔佩戴着新的露水和鲜花

为沉思而沉思

战争一身鲜红地流入苍翠

灌溉历史

无愧于最高的山峰

而我诗的坡度

始终难与痛惜平衡

万古青苍之下,哀乐轻抚

流水潺潺

我相信每块石碑都在倾听

1989年1稿,2006年2稿

这城市

这城市从浪花中归来
一把推开朝天的门
春夏立于江之北，秋冬立于江之南
这城市全身挂满汽笛、鲜花和灯

这城市蕴藏太多梦想
太多巍峨而奇崛的岩石
胸中自有丘壑，自有山神的非凡气度
这城市的手臂是两支桨
彻夜地划动着划动着
一支是长江，一支是嘉陵

树在桥头，楼在云端
这城市坡陡路不平，习惯于登高
这城市腿脚特别粗特别壮
汗水特别咸特别硬
特别能吃苦、吃辣
常年掩隐在雾中
特别珍惜有阳光的早晨

一到夜晚

这城市便开始抒情

拨响不断延伸的琴弦上的路

抒情曲流动，音乐流动

激情与浪漫流动

浮起一座音乐岛

音乐岛，半岛的城，开放的城

多好啊！这城市高楼林立

我有一把钥匙四面窗

这城市光如瀚海

我有几盏黄蒙蒙的节能灯

我有身份证老年证医疗证

我的文字种满所有阳台和街心

穿过小寒大寒，青草已经起步

千载难逢的机遇就在山顶

心中爱着，我才成为一根灼热的花枝

成为这城市的幸运公民

1985年1稿，2018年2稿

去奉节

骑一匹只吃油不吃草的马,快马加鞭
直下万州向夔州
世上还有什么比奉公守节更好
去奉节

我是顺着长江迎着东方而去的
阳光向我涌来的时候
一种人格喷薄而出,去奉节

一个洞一个洞接一个洞
一座桥一座桥接一座桥
穿过恍若梦幻的盖世工程
我无须修栈道,更无须暗度陈仓
一路高速去奉节

右窗有竹枝,左窗
有从楚辞绿过来的水声
一群山峰在白云下奔跑,空气中
居住着阵容庞大的唐宋诗人

赴一场古城的约会
去奉节

在精装的夔州九卷里
四千余首诗词墨香四溢
手指滑过,仍能摸到千年前的体温
白帝诗社站在波涛之上
赐我以早晨最新鲜的版面,去奉节

古人用过的夔门,一万年又一万年
还是那样壮。落日坐过的地方
一万年又一万年,还是那样烫
去奉节,不能不去奉节

奉节有很多树,而我就是种树的人
奉节有很多诗,而我就是写诗的人
行李箱装满山水
一草一木与我息息相关
怎么能不去?我举手加额去奉节!

2016年12月

黛　湖

感谢白屋诗人吴芳吉
给你取了这个古典美女的名字
让你安静地躺在山峦

只有诗人才知道
黛，是怎样的一种风景一种状态
一种情愫

风送来淡淡草腥
吹皱你同样古典的一身绸缎

一群怀旧的蜂哼着元曲小令
正要靠近你身旁那座柑橘园

没见过比你更小的湖了
小得超然物外，小得焦渴的路人
一口就可以把你喝光

干净还分大小吗

远离尘埃的湖水
再小也是令人尊敬的

再小,也无法测量出你幽深的
幽深的,从巴山夜雨
一路深深深过来的意境

你湖畔那棵木姜子
枝条一晃就是八百年一千年

几个朝代
轰隆隆列队走进的
不过就是你鬓边一朵花的一生

更不说那岩石那瀑布那缙云九峰
那千堆夜色,那万古沧桑

全都融化于黛
融化于湖
融化于你平和、匀称的呼吸之中

       2019年9月

我的北碚

在离北碚还有三十公里的地方
空气中就飘来炊烟的气味
家的气味,亲人的气味
整片秋天被高速公路分开
我带着一座花园在飞奔

我磅礴的相思
早已交给雨的手指抹绿崇山峻岭
只有翅膀才能为我们带来天空
在我梦中,集合了多少缙云山的鸟群

我一刻也没有停下的笔
奋力追赶你的桥梁,道路,古镇,新区
一天天一年年,我在你的光里播种
吸入你山涧的水,嘉陵江的水
吸入你水一样源远流长的文化和精神

我站在夕阳的边上
却感觉内心有一颗朝阳正冉冉升起

我从曾经的一枚果核走出来
放眼我的北碚
万象更新如孔雀频频开屏

鸟声如此之宽乾坤如此之大
爱情如此之醉芳香如此之深
即使每一片叶子都写着家的地址
我还是迷路于家门口
迷路于这个锦绣的早晨

我是你熟悉的诗歌的老黄牛
把头埋进你的青草，憨愚、陶醉
第一道车辙就是我新鲜的诗行
写在刚刚贯通的隧道
水泥味尚未散尽

我还是你坡地的那棵萝卜
被命运的酱汁反复腌制，百味丛生
还是你矮小的灌木，昂扬的枝叶
磨难和信念把希望赐予了一个柔弱的人
我还是你的云你的雾
那么软，那么轻

狮子峰站在云上与我对视
我的肺里有你松涛汹涌的声音
而此时我却找不到词语
我只能匍匐在地匍匐在地啊，亲吻你
亲吻你泥土里的乳汁，泥土里的根

      2018年3月

果园港

果园港不是果园
果园诗人今天不写果园诗

果园港是长江上游最大港口
绿色、低碳的港口

汽车集装箱船坞以及龙门吊
在脚下滑动,银屏旋转
制造出让你眩晕的视觉奇幻

数字以摇曳的枝条和花朵显示在屏上
你感觉还是那座果园还是那棵树
一直在绽放

此时,你的幻想以箱计,堆满码头
正随三条蓝色路线
如三支蓝军三面出击

你获得了从未有过的流动的快感

速度的快感

箭一样风一样的快感

你的思路将不再呆滞

你的想象力将随钢铁与玻璃的羽毛

节节上升。踏实、稳当

并具有部分的轻盈

从果园港出发

往东,你可以搭乘一条船

经长江黄金水道,至上海洋山港

往西北,你可以搭乘火车班列

经阿拉山口至欧洲

往南,你更是可以水陆两栖

经广西钦州港,至东南亚

世上所有事物

正以频繁流动的姿态出现

你多么幸运

现在你是其中一个流动的文字

那么多长江上的码头啊

你要一个一个地数,一个一个地爱

江津港、珞璜港、朝天门港、寸滩港、东港

果园港、长寿港、涪陵港、万州港

这照耀了你一生的果实

此时它们更加饱满明亮

结在一根叫长江的枝条上

果园港,就是其中最硕大的一颗

2019年9月

看书法

自李白以来
喝一滴月光即醉。醉过之后
必须借诗仙的一轮满月作砚

磨徽墨
铺宣纸
蘸桃花潭水润笔

接下来看你悬肘
看你挥动长锋狼毫,看一路醉步的书法
看纸上,啸声四起

看你手指的无限延伸
看你笔下的焦、浓、厚、湿
气、象、风、云

看你如何握住细微的一发千钧之力
看你最后一笔,若有若无
如何雅致地淡出

直看得洛阳纸贵宣州纸更贵

看书法的人更醉

　　2018年10月

钢轨诞生

此时它全身光洁、透明

带着玫瑰色心跳

和1300度体温新鲜出炉

它被反复冷却、搓揉、挤压、锤打、拉长

渐渐有了轨道的形状,路的形状

笔直或弯曲的形状

速度的形状,命运的形状

此时我才知道

钢之柔,柔中之最柔

我只想把其中一截卷起来

放进随身行囊,这样我就能每时每刻

提着自己的命运前行

2018年7月

致敬桥梁

在认识贵州桥梁之前
你是否真正懂得
啥叫逢山开路啥叫遇水搭桥

在蓝图，在工地，在隧道锚
在琴弦般的缆索尚未打开

在泥泞，在洞口
在载重汽车，在风钻机的轰鸣声中

在地下50米深处，还将是
70米、80米、90米

在你，突然看到四顶橙色安全帽
如四粒小小浮球
在粉尘与剧烈的噪声中缓缓游动

你是否真正陶醉过清风拂面
是否真正被震撼

于鸟鸣的瞬间，于彩虹般的爱情中

在数十条桥墩拔地而起
揳入水泥与钢铁之前

你是否真正看见致敬这个词
正随掘进机嚼碎一座山又一座山
不断向前滚动，滚动，一直滚过地平线

你是否愿意与贵州桥梁一样
一生都在路上，一生都在为下一条路
犹如为下一首诗奠基

你是否能赶在雷声出土之前
岩石萌芽之前

摘下羊鹿唇边第一朵紫花
把长达6470米的隧道
颂词一样铺到春天的大门之前

       2018年5月

爱情天梯

姐姐，我站在六千零一级
石梯上，与你只隔一步
我们修的石梯有六千级
多出来这一级是菩萨修的
是我们拜过的菩萨修的

比起我修的那些高低不平的梯子
可是好看多了。彩云做花岗石
空气铺绒地毯，雕龙画凤
画得像我们养过的鸡鸭

白天你看不见我
我随天空升高，升高
升到不见顶的空，熔化在太阳中
姐姐，我想你天天都有一个好太阳

一级台阶，隔开了天上人间
还是晚上好哇，一到天黑
菩萨就会怜惜我护佑我

石梯缓缓降下，降到与你相接的地方
我轻轻一步就能走进你梦里来

我这不是又来了吗
今夜月黑风高
我知道你害怕听见野猪的嚎叫

走吧，今夜就走，我们一起悄悄地走
逃离流言。逃得越远越好
舌尖上的刀厉害，已戳得我们遍体鳞伤
二十岁的我，三十岁的你，我们正年轻

带上种子、粮食、工具、铺盖卷
带上锅碗瓢盆、四个儿女，悄悄地走吧
一颗星星落地，请不要发出响声

苍天！你是不是看见
一队蚂蚁驮着微小的愿望艰难爬行

到人迹罕至
到流言流不到的深山老林去
岩洞给我们一个窝吧

松树柏树香樟树给我们一根枝条吧

就是给一根刺一根针

我也要用它挑起全部生活

四面山。四面山多情多义

野菜任我挖，菌子果子任我摘

一根竹筒引来山涧水，甜津津

树叶翻卷百鸟齐鸣加入迎亲的队伍

杜鹃花哗——的一声，宣布婚礼盛开

十万亩磅礴的芳香为我迎娶姐姐，我的新人

窗外月光堆积

小屋装满彩虹的碎片

屋檐挂着悬崖挂着冷峭

萤火虫星星点点拎着细小的灯

姐姐，我们手牵手走进

离尘埃最远离天空最近的洞房吧

我和姐姐相依相偎在一起

就像一只红薯和另一只红薯相偎在一起

夏季很快被鸟叼走

我们彼此把漫长的冬季捂热
一帕热水洗去我全身的累
一句山歌唱得我透心的醉
我和姐姐把黄连浸透的日子过出了蜜

原谅我,一生没有对你说一个爱字
我不会说。你也不会说
当我第一次站在悬崖,发誓
要从大山的骨缝里
为你抠出一条下山的路来
过路的老鹰不走,它以为
遇上一个疯子一样的同类了

它看着我这双青筋暴突
鹰爪一样,尽是疙瘩的手
一天天一年年,一锤锤一凿凿
扒开岩石的裂口,那裂口处
刻满整整五十年的血痕啊

有时,我真以为我是飞上去的
当我举起铁锤、铁钻奋力敲击的时候
我看见白云都在颤抖

天空都一层层坠落

想我时你就往山上看
就用目光一级一级往上爬
我们的石梯站在天地之间
被山峰、云雾、瀑布、树，拥着
被万千气象抱着护着养着
它多么安静，多么幸运

六千级石梯，被称作爱情天梯
是后来的事了。是别人叫的
姐姐，现在我也学着说个爱字吧
我把石梯作为爱情信物
安放在落日悬挂的山岩
留给我永远的四面山，留给你

2013年8月

在出租车上

是什么让一辆出租车如此感动
在这个夜晚,路湿锦官城

两位阿姨,彼此称呼小黄小傅
其实均已年过古稀
那样的悄声细语啊
那样的潺潺水声
急切地,又是沉缓地,从后座传来

她们相互倾诉着,聆听着
那些旧事忽明忽暗,忽远忽近
旧得无可替代,旧得令人尊敬
旧得发出新鲜的阳光香味

曾是两名志愿军文工团员
从小在一个学校读书,一个县城参军
一颗照明弹,为她们
隆重点亮第十五个生日

她们就是这样进入青春的
满怀保家卫国的壮志
歌声被风扬起
炮火硝烟是那个时代斑斓的云

出租车通过红灯，黄灯，绿灯
一个拐弯，调头驶向上甘岭
在一部磨损的黑白片中穿行

刚满十八岁，其中一个
独自躺在手术台上
却把身体中几节骨头留在了异乡
两位阿姨一别就是五十年
五十年爱情与荣誉
五十年沧海桑田

现在，她们一个是将军
一个是残废军人
一样的秉性高贵
时间在锈过之后磨出光亮
一样的璀璨夺目
英雄儿女王芳的续集

两种版本，一样的瑰丽动人
带着巨大回声的疼痛，历历可见
而后座的声音依然那样微小
多像这个夜晚的细雨
浑然不觉，出租车已是满脸泪光
笼罩于茫茫水雾之中

两位阿姨，还有她们孙子一般大的司机
像是坐在自家客厅
跨越三代人的沟壑
驶入无人之境高远之境
这个夜晚怎能用路码表来计算
年轻司机坚决不收车钱
感动更兼细雨
给他和他的车都作了一次洗礼

2008年7月

一年中最冷的一天

在一年中最冷的一天
我满怀敬意,读一本书

语言骑着速度和波涛驰来
一浪浪旌旗和土腥味的风
力透纸面,染我一身浑黄

这就是黄河
李松涛与黄之河

黄之河在字上行走
大地的伤口压满雷声和闪电
我浸泡在浩浩荡荡的深情里
礼物一样获得诗歌的沉重

摇动句子中的爱和泪水
从酣畅淋漓的倾泻我开始反省
在黄之河之前,巨大的颂词和沧桑
之前,我是否有过真正的苦难

有什么理由再去诉说

那些羽毛级的悲伤

坐在城市倦怠的眼皮上

我仰望亿万年前的雪

至高无上。在生命源头，在冰峰

黄之河以远古的清澈和温暖

向我发出哺育，慈爱，文明和睿智之光

我突然懂得写作的尊严

阅读的尊严

在一年中最冷的一天

我一次次卷进旋涡

一次次浮出水面

搓揉，挤压，成诗的一滴

随黄之河穿越历史

穿越无尽的苍茫和荒凉

这是一年中最冷的一天啊

上苍把凛冽留给黄河

把更广袤的严寒留给诗人

当日月无辉黄河断流

我看见黄之河使命般挺身而立

高高悬挂于灵魂的河床

这时，我想问，尊敬的诗人

你的呕心泣血

能否赎回人类的一些过失

你的忧患，能否成为忧患的限量版

2007年12月

一封信

凌晨四点,我在给你写信,玲姐
你的诗歌打败了我的睡眠女神

我异常清醒地看着你
从自己的独木桥走来。桥搭在云端
命运如骤雨降临,且带着雷霆的灰烬
这时我的信浑身颤抖

当诗歌一首接一首从桥下的深渊出发
背负着你始终不肯扔掉的苦难石
我的信已经大大超重

有一只关关冬为什么叫个不停
那是从泪谷升起的光明
这时天边亮了。我的信亮了
而你躺在手术台上

少写点诗吧,多休息,玲姐
你说写诗痛,不写更痛

这些痛出来的诗
闪电般激活我全身筋骨
激活我文字的神经末梢

我的信啊
你该懂得有一种疼痛美得惊心
有一种光芒在寒冷的深处

那么玲姐，一起去珠海吹吹海风好吗
像从前那样，我们两个住一屋
我会照顾你按时吃药，我会
把你散落在书桌、床边、墙角的力气
一点点收集起来，放回你的身上

我还会自己做一次邮局
做一次信箱，做一次送信的人
让你在开门的那一瞬
惊喜得像孩子一样手足无措
不知该先看信，还是看我

2007年12月

我忘了

我忘了这是感动重庆
现场直播。聚光灯对着我
我忘了我是来给一个女孩儿颁奖的
忘了把奖杯、鲜花献给她
忘了这个坐轮椅的女孩儿
她易碎的骨头里藏着金子和火焰
她内心的光明有如花朵
忘了她还有一个响当当的名字
叫榜样、人物和青年志愿者
我紧紧拥抱她。我甚至忘了
读得溜熟的只有几句的颁奖词
忘了镜头、麦克风和千人演播厅
时间在静静等待
20秒、30秒、40秒
我抱着这个用云朵捏成的孩子
小小的软软的我的孩子，说不出话来
我只想这样抱着她，亲她的额头
像她的养父母，20年前从长江边的
寒风里，抱走一个弃婴一样，现在

我只想从浪潮般涌来的掌声中抱走她

2013年1月

在机场

女儿,昨天的电视新闻说
那个地区,和平遭遇危机
民众正发给印有骷髅图形的
防毒面具。而我的女儿

你就在此时起程
前往那个地区

过了安检
一步就是千山万水
看得见你摸不着你
一道玻璃门,透明如冰晶

忧虑在脸上盘旋
我知道留不住你
女儿,你是国家的人

义无反顾地,你起飞了
天空被一条怪鱼吞进腹中

我躺在剧烈的噪音之下
搜遍你全身的鳞甲

2005年2月

老人与花冠

老人迎面走来
我看见她满额风声
哗哗的皱纹流淌

在皱纹之间
填满了笑容

我看见一顶花冠
娇嫩地
压住了老人一生一世的痛

我看见了美
我不再叹惜花期很短
人生很局限

在万紫千红的纸上
我找到了永恒魅力的
白发的文字作衬

2007年4月

蔬菜老了都是花

它们是菜

是晨间装满你篮子里的菜

是你最熟悉的

萝卜白菜青菜菠菜冬苋菜

各种各样的菜,水灵灵的菜

现在它们老了,细嫩的茎

长出木质,肌肤不再有弹性

强健、粗壮,试图模仿树的形状

全身开满花朵

老了老了

蔬菜老了都是花

所以你看不见沧桑

只看见辉煌

只看见各种各样的枝形灯盏

顶端有光芒呼啸

花瓣里有钟声响起

2018年3月

上庄石头问

艾青站在最高的石头上
问,为什么眼里常含泪水

屈原问苍穹,李白问月亮
惠特曼问青草
顾城问悄然走过的一代人

哲学的情感的
以及豪放的忧郁的诗人
白发三千丈以及山楂树一样
青葱的诗人

我崇敬你们。我用目光和手指
依依抚过住在石头里的星辰

我摸到了太多的幸福,爱
摸到了千年之前以及千年之后
大地的忧伤

我问横河两岸为什么石头

堪比玉贵，我问自己为什么指尖发烫

双目涌过一片潮汐

我问一枚淡黄色的柠檬月，为什么

光荣并羞愧地挤于其间

它说为了等一个人

就一直微小地亮着

2018年8月

月亮上站满诗人

看啊月亮升起来了升起来了
从湖水,从草地,从树林
从城市的上空升起来了

月亮上济济一堂,站满诗人
我一眼就看见了
李白、杜甫、王维、岑参、张九龄
他们发结高束衣袂飘飘
他们研墨展纸挥洒豪情

他们把一年一年的中秋月
吟诵得更圆了更亮了
他们站在各自的诗句上
一站就是永恒

我爱着的人们啊
想去你想去的地方
你就跟着月亮走
想见你想见的诗人

你就摘下几句月光仔细辨认

把明月泡进酒缸里的一定是李白
一身戎装守边关的一定是岑参
千里之外的婵娟还是留给苏轼吧
海上那轮大明月还是留给张九龄

今夜我最舍不得的人是杜甫了
因为是在渝州在我的家
杜甫说我的家"露从今夜白,月是故乡明"

今夜我多想把月亮里的诗人
——请回来,请他们
提着月亮带着桂花酒一起回来
我要和他们一样宽袍大袖,互行拱手礼

月亮还是那么圆那么亮
仿佛从未染上时间的沧桑
仰望万里清空,我泪水纵横
不用一兵一卒,一枪一弹
就占领了另一个星球的人只有诗人

2016年9月

花甲女生

一大早我就敞开胸怀
从里到外推开六十道门
放出六十只雀鸟飞向山林
一大早就开始清扫
全身挂满消毒水，塑料袋
我要清扫整整六十年的垃圾

不寻常的一天，我进入花甲
生活残屑遍地都是
名利的毒进入血管
我早就应该为过剩的营养脱脂

把过期奶粉、油、糖
和过期的荣誉统统倒掉
还有杂念。让瓶子都空着
在墙上多凿几个窗子
让屋子和心灵一样通透起来

现在，空旷的屋子盛满光明
我把客人请到沙发坐下
客人就是我自己。我说喝吧

这杯柠檬水,六十年才慢慢泡淡
化解了所有的酸,所有的苦
留下满口芬芳

我说秋天已脱下盛装
能一点点触摸到生命的冷
岁月两鬓斑白
日子一天比一天昂贵
要缅怀一次青春,请付费

开始吧!从老年到青年到童年
揭开一层一层时光
为什么伤口和血、肉还粘在一起
你的自愈功能真是太差啦
这世上哪有时间治不好的病
你,就是你自己的病根

如此说来还需在房屋一角
放一张忏悔椅。一个不懂得忏悔的人
是不允许进入甲子之门的
当品德的意义穿透铁甲
请慢慢体会幸福的容器有多大

你属草木

上天赐你一双不具攻击性的植物的手
柔而不弱,贫而不贱
掩映在盘根错节的紫藤中,注定
只能探寻泥土,石头和飞鸟的踪迹
与一只甲虫亲密对话

你还像十六岁一样热爱花朵,热爱美
你苍老的躯干因热爱而战栗
还会为读到一本好诗集
彻夜不眠,眼含热泪
我说你呀你这个花甲女生
令人耻笑?有什么可耻笑的
你敬爱的郑玲姐姐都可以做耄耋女生
你做一回花甲女生又何妨

谈话至此,杯水一滴不剩
你听得一脸茫然
我的光荣退休的老同志哦
原来心智尚未发育健全
那就简单说吧
花甲花甲,就是开甲等的花
花开在春天,你在起点

2006年12月

祖国！我是您的诗人

祖国！我是您的诗人
我的诗歌吃您的五谷
穿您的云雾
是您打开满天星斗，夜夜为我点灯

是您的群山，峡谷，森林，河流
和阳光一起奔涌而来
赐予我波浪一样起伏不平的词语
草尖上的风暴和雨露，告诉我
应该怎样成为一个诗人

我已经不再年轻
白发三千丈，我还是您的孩子
我喊您的声音依然是带着乳香的
母亲，您的爱是哺育是给予，弥漫着
存在于我一切文字的生长之中

我在山上住得太久
只会发出鸟一样的啁啾，甚至

把一生都藏进一棵渐渐大起来的树
以为幸福就是水果的味道
展开的树枝就是飞翔

您的一片树林就是我的故乡
您的一条河就是祖国在我全身流淌
我从一个苹果的脏腑里走来
肺腑之言，就是由雨水、泪水和汗水
酿制而成的赞歌

我一刻不停地从花朵里
提取芳香，就像从太阳里提取黄金
深深深深的爱啊
我以为最好的表达
就是守护好您的每一片春天每一声鸟鸣
亲爱的祖国！我是您的诗人

2019年5月

海之诗

1

海
很静

序一样的波涛白茫茫
湿得磅礴而逶迤
海,微微掀起涛声

似乎是一刹那,似乎是一生
风云一幕幕退回背景
海的女儿,那只鸥
出发到找寻历史的上空

鸥的瞳孔射出光芒和渴求
仿佛为了今日
它要望穿过去与未来

拂开时间,远处是你
我的海你没有消失
在鸥群穿越风暴折断羽毛

在血流如注但没有痛感

在没有水，只有一股蔚蓝色气体

我听见鱼鳍滑过浪尖的声响

看见血，游动在波涛间

2

用回忆辨认图案

海在旋转，季节在抽搐

音符猎猎，虫语袅袅，沙滩蠕动

柔软地流出图案中的预言

椰子树一身金蓝

它披挂飓风和暴雨

苦难而庄严，作了眺望的象征

我注目岸边的小茅屋

命运的火焰手指一遍遍抹掉我

姿态优美，如抹掉一把草芥

我注目桑榆之日

红树林高挂团圆之月

一轮最圆的厄运

我注目墓碑，踏碎梦的暗蓝
一边是坟在含苞
一边是出海的船队
这么辽远而亲近的遗忘
这么亲近而辽远的追忆

海凝固了
我听见簌簌收缩，听见水的疼痛
那声音多像哭泣

双手紧握一把刺骨的冰凌
在不安的反省中，在烟雾里

3

我的鸥奋力飞过城市天空海洋和椰子树
我不再有岸了
咖啡制成的小屋
它不是人生的栖息之地
我该怎样对付自己创造的历史
是否一定要抹掉一些，甚至毁灭一些
一盏灯走完它的过程
是否已被风吹散

远远飘离现实的头顶

在这样嘈杂的下午
破碎的旧事悄悄聚拢
我又该怎样对付那些丑陋的鳞片
它们来自我的哪一部分过失

哦海洋,夜雾中的翅膀
火焰般频频回首的姿态
总是诚挚而无知的抒情诗人

4

鸥啊
一旦被捉住
一根草绳就能扎住双脚,反剪如小鸡

探照灯半睁半闭
扁平的树影没有立体
思绪越过空荡荡的书桌和拥挤的大街
被反剪的日子,与鸥一样退出舞台,自行消失

上苍啊,这样的日子
堕落的行尸走肉的日子

密密麻麻，全是细节细节细节
错乱的卑琐的细节
我在细节的某一处下跪

地狱的朋友
总在午夜二时准点而来
戛然而醒，胸闷，心痛，翻身下床
到阳台捂胸揉肠直至寸断
想搬走压在胸口那块礁石
搬走进入灵魂的阴影

午夜二时我用什么驱赶恶魔
难道能依靠幻觉携带躯体出逃
逃出夜，逃出这阴云密布的海
无数自己的面孔从镜子东奔西突
严寒耀眼的白光在枯干的季节
在活着不如死去的生命里
述说某种灾难已到极限

5

所有钥匙和锁被你掌握
门翻过去就完全变形

我呼喊过挣扎过但变形的门关得太死

我缓缓移动到门的背后
我发现我是一阵风
行走在穿过枪膛的速度之间
并不会被击倒
走出门栏，回头望你
多想问这一切究竟为什么
却找不到嘴唇在哪里
语言在哪里

大片大片黑色和赭色的融汇
从一枚打破的蛋丸孵化而出
占满盆地的边缘
被野菠萝围困的王国
正上演一种最具体的文字刺杀
一道非人性化的数学秩序

6

遥对海
沉梦中的椰子树理应醒来
受伤的臼齿，理应与受伤的心灵同行

咬动礁石和船只

咬动咬不动的月光

理应的一切似乎都不应

对于永不结痂的伤口

哭泣者,已不是眼睛

彗星扫过夜空留下一抹痛痕

我宽阔的前额

只应宽恕被椰子树和羽毛宠坏的风景

举烛祈问自我

昏黑的大海何时才有亮色

何时才有女巫派来的救世的灯

7

我坐在礁石上日日夜夜

直到语言凋零,血液流尽

我只能寄希望于百年之后

在大海的遗骨里迸出火光

天地旋转,人们能从漆黑的洞里

听到一只螺的歌吟

听到尸骨里几声不屈的惨叫

一只鸟或一条鱼,死去了
死去就死去了
没有比一只鸟或一条鱼死去更简单的事情了
在没有是非,只有霸权的海里
我注定是你片刻宝座的祭品

唯时间能证明死亡强大于一切
时间是比任何物质都顽强而无情的东西
五百年后的正午,在锈迹斑斑的水面
湿淋淋大海在沸腾
一片落叶飘来辽远的死亡的清香

后来者将体会
人类一生的努力
是怎样自行毁灭在弹指之间

8

旋风般扑来的波涛如骑
船队溃不成军
年复一年
笑容的漩涡吞食多少船只和星辰

沉船啊我的沉船

它愤怒过，伤心欲绝过
现在它安静下来了
还剩最后一点点力气，要好好保存

沉船是人给海的礼品
这非凡的勇气
来自花、鸟、帆影和涌来的潮汐
当一轮皓月走过
步步踩痛无语的心情，沉船啊我的沉船
我肢体的某些角落正一层层消失
再次为历史增添斑驳的一笔

9

海啊
以水波的形式化柔情为我
以礁石的形式化坚强为我
以胸怀，化宽容为我
当肉体与大地一齐凌越苦痛
对着明亮的落日，我必须
彻底地，自致命的耻辱，一跃

我重新反省你，仰望你，超越你

重新享受你的温情，你的刀伤

享受你自造自设自我陷落的文字和言辞

在浪花簇拥的节奏中

处处暗喻丛生

千百次顿悟

又千百次沦入执迷

我们在人生的圈套里跳进跳出

千百次穿过阴与阳的隧道以及

带剑的石林，险象丛生的波涛

自由是感觉不到的

它穿过体内，流水般洗去烦恼

灵魂在星光弥漫的上空

漩涡般的深洞等待自我校正

10

啊下雪了

四十年罕见的雪，南方的雪，大雪

为什么在我生日这天，噼噼啪啪

火苗般燃烧啊雪

和平，纯真，感人至深的白色

我生命的形象,充沛的形体
为什么选择了今天?是母亲
从我们天上那个家里送来的吗
生命的形象火苗般,不,鱼苗般游来
穿过肢体,洁净得让我忏悔

雪落在舌尖
它微微颤动的翅膀,带着自珍
雪啊,你是天上的玉
玉石俱焚,仍旧是玉
从第一颗宝石出发
就有你的挤压,母亲的挣扎

多少鲜血融入月光
只要有夜的胚胎就有翩翩起舞的朝霞
只要有眼泪和落叶,就有新春

11

无言无语的内心永是那片蔚蓝色故土
椰子树用羽毛擦亮启明星

当耻辱、伤痛和沉静融为一体
当情感隐入幽冥,思想远离事物的原形

当一条波音的鱼在蓝色天空奔跑
生活从容不迫，进入新的秩序新的意境

当跫音洒向苍茫大地
平安夜的钟声响彻血液和神经
当混沌中婴儿的哭喊
犹如化石诉说旷古的忧伤
当海，长满鱼类和树叶，不再受污染

当椰子树自洁成仙
礁石苍苍修道成神
那只鸥，梳理羽毛成人

当仇恨充满歉意
失败和挫折飘散谢世般的气息

12

面对时间
每滴水都有出发的地方
每片雪花都有归来的源泉
所有进化过程在错误身上踩过
并抚慰最弱小的梦，最强大的人格
超人格的海，生命之露又缀满衣襟

一往情深,深不可测的爱啊

永远伴随心灵,直达神圣和恒久

在一片凝固的蓝色晶体里

多么美丽,端庄而自由

月亮落了,太阳又升起了

日子总是在水中交替

当缀满星光的海面月又升起

当我再次变成一只鸥

以日为镜,以泪净身

我会懂得,强烈的火总脱身于水中

海的结束,方是诗的诞生

  1992年1稿,1993年2稿,1996年3稿,2012年4稿

后　记

　　世界上有很多山，最爱缙云山。

　　就是那个叫缙云山农场的果园，在物质和精神同样贫瘠的年代，用她仅有的不多的粮食和最干净的雨水喂养了我。一个刚满15岁没读过多少书的青年，在山野获得了最初的诗歌启迪。

　　漫山桃红李白，而我一往情深地偏爱柠檬。它永远痛苦的内心是我生命本质，却在秋日反射出橙色的甜蜜回光。那味道、那气息、那宁静的生长姿态，是我的诗。

　　做人做诗，都从来没有挺拔过，从来没有折断过。我有我自己的方式，永远的果树方式。果树在它的生活中会有数不清的电打雷劈，它的反抗不是掷还闪电，而是决不屈服地，把一切遭遇化为果实。

　　什么是诗，这是许多年来被问得最多的问题。作为一个仅仅沉醉于表达和倾吐的诗人，理论水平实在不高，使起劲说也说不好。唯一的也是切身的感悟只有一点：诗歌就是命运。写诗就是写阅历，写人生。有时我甚至觉得，从写第一首诗开始，我就不自觉地在写自传了，喜欢我的读者如果能从头读到尾，就略等于读到了一个人。

一首诗的完成，必须有生命的参与，用眼泪和血液来写，让读者读到你的脉动和心跳。我曾读过的很多很好的诗歌，感觉它们一个字一个字，都是肉做的。

诗歌来自于生活，这是任何时候都不应该怀疑的。也是当下被认为是不屑于讲的老掉牙的话题。而我依然要说，让生活在诗歌中恢复它们本来的诗意，这是吸引了我一生的无比美妙的创造性劳动。我很庆幸自己从少年到青年到老年，都深深地沉浸于其中。我理解的生活，是立体、全方位的，有深度，也有广度的，既是眼睛看得见，又是眼睛看不见而只能用心灵触摸到的。诗人的职责，就是要通过事物表面，挖掘到蕴含其间的精神实质。

几十年来我所写的诗歌，虽然有长有短，有轻有重，有好有孬，但都与我的生活、我所处的时代息息相关。有了这个前提，我对自己的要求其实不高：媚的俗的脏的不写，心没痛过眼睛没湿过的不写，做不了大诗人，就做小诗人，小到就做我那一个果园的诗人。这辈子才气实在有限，可以原谅自己愚笨、肤浅、眼界不辽阔、气势不磅礴，但是，绝对不可以装，不可以假。平生最鄙视做作、虚假。在一首好诗所应具备的若干因素中，我首先崇尚一个字：真！

语言是极其重要的。诗的语言，是要向读者传递新的经验，新颖、准确、生动，像水一样清澈，像山野的风活色生香，像岩石一样坚硬，有重量，有定力，牢牢站在地上。基于这种认识，我对诗歌语言始终怀着敬畏，常常表现出挑剔和苛刻，自己写不好还眼高手低。不喜欢过于晦涩，或者无边际的天马行空；不喜欢表面华丽的虚假珠宝，或者油腻腻；不喜欢装神弄鬼，或者雨过地皮湿；不喜欢把人人都懂的事情讲得人人都不懂。诗人是语言的净化者，如果诗人都把话说不清楚，思维混乱，口齿不清，那么这个世界还指望谁来把话说清楚，说得更有意思呢？

　　一段时间，一种方式如果写得太顺手，如果有点小感觉东拼西凑就凑得像一首诗，这时诗人就得警惕了，不要以为自己才华已经横溢了，才华是最靠不住的东西，它太能掩盖你内在的空洞无物了，写诗同样需要老实、本分。诗人不是熟练技术工，不能踩着滑溜溜的语言，无阻力行走。诗歌的高远境界才是我们超越字词的最终追求。

　　如果把写第一首广播稿当成诗，写作伴我已逾半个世纪。案桌上的稿笺越堆越厚，习惯用的铅笔越削越短，脸皮越洗越薄。曾有出版社老朋友相约出一套文集，说写作几十年的人都纷纷出文集。天，我哪有啥文集？那就厚厚一本？也不行！厚了就不是书，就是印张和码洋，就是让人还没读完就可能扔进垃圾箱的废品。唉，在出版社工作久了，不知为啥竟生出这等怪异感受。

对于我，能在创作的千首诗中选出百首，已经是件了不得的事情。这正是我期盼中的一本书啊，不厚不薄，不多不少。

描述一下读到一本好书时的状态吧：停不下来，停不下来，眼看越来越薄，生怕读完了，但还是读完了。千般喜悦，万种不舍。于是回到首页，读目录，读版权页读出版单位读责任编辑读条形码，把一盘好东西啄食得颗粒不剩。那些美好的文字啊，一横一竖一撇一捺，似乎将指尖黏结，眼睛不得不顺着语音之波流动。

我们常常夸奖好听的声音有磁性，其实好看的文字更有磁性。一本好书就是，每读一遍，都有五脏六腑被穿透的感觉。写书人，穷尽一生，谁不渴望拥有这样的一本。

细雨飘飘，桂花香；书房敞亮，大轩窗；外孙女考试得了高分，跳舞得了冠军，孙女画的猫猫炯炯有神，跳啦啦操得了全国第三名，农村弟弟已交完保险，从此生活安定无忧，农场老姐妹又涨了工资，明天要请我下馆子，侄女有了新屋，侄儿去了海南，二姐的书已正式出版，我正在编写的这本诗集已过选题……

哦哦，一天之内怎么会收到这样多好消息，喜事爆屏，虽是琐碎小事，但对于我却是了不得的关乎生活的喜事、大事，一切都太好了，好在恰逢一个圆月之夜，好在我刚刚编完100首的时候。

我这个天生的不乐观主义者，怕的就是太好，就是圆和满。不知如何捣碎自己的圆月，顺手掰了一块甜饼去喂鱼。

转身进屋，毅然将已经选好的100首删去一首，成99首。最好的那一首，仍未找到，它藏在自己最美的风景，最痛的山水中。

貌似写了很多诗，就是没有写过序甚至怕写序。已出版的20余种图书，本本既无序言又无后记，常被老师和朋友们笑称为裸书。而这一本，啥啥都有，有序有后记有部分评论摘录还有凭记忆写出的创作年表。

部分评论摘录

吕进
西南大学原新诗研究所所长、博士生导师,原重庆市文联主席。

傅天琳是重庆新时期和新世纪的标志性诗人。傅天琳的艺术道路是"诗穷而后工"的古训的最好诠释。她的诗美感受力和艺术直觉十分敏锐,善于从平凡生活中发现诗。诗人开阔的视野,开放的思维,以及女性特有的细腻和敏感,造就了傅天琳的诗歌世界是丰富的。诗人显然攀上了新的艺术高度,思想成熟了,对生活的理解和认识更加深刻。我们从诗人的"果树方式"中,清楚地感受到了一股"韧性"的张力,一股成长的力量。

蓝锡麟
散文杂文家,原重庆市文联党组书记

诗也干净,人也干净,她是在自觉地坚守文学的人学本质。为文学,也为灵魂,她真是做到了。寄寓于其间的普世价值的质感启悟,业已不仅只属于她个人。好多年以来,文学艺术的审美理想频遭地震、雪灾侵凌,伟大、崇高、真诚、干净之类最该有的传承逐渐沦为稀缺。面对着这股颓风,傅天琳和她的

《柠檬叶子》坚守住了一方干净的天地，势必显得异常珍贵。

雷抒雁
原中国诗歌学会会长、鲁迅文学院常务副院长、诗刊社常务副主编，全国优秀诗集奖获得者。

因风而起的纸鸢里没有她，巡天而啸的鸽群里没有她。影子很淡，调子很低。她内心世界的平和、善良与质朴，在那种富于青春活力与成熟思考的刚性语言里，流溢和散发着一种奇异的色彩和气息。傅天琳让人钦佩的是随时都能凝神静气，诗如人一样透亮明净，在当今诗坛，实在不多。她的诗正是理论家们所希求的，是真丝，是从蚕的口腹中真实地吐露出来的，而不是那些借助无机物合成而来的。所以，她的诗打着她的烙印，这是一个诗人真挚、真诚的人格烙印。

韩作荣
原中国诗歌学会会长、《人民文学》主编，鲁迅文学奖获得者。

这位在诗坛曾一度消失，一心一意当外婆的诗人，似乎聚集了过多能量，复出后佳作频出。其诗质量之高、感觉之敏锐、喷发之速令人惊异，仿佛冥冥中她得到了特别的眷顾，一发而不可收。诗人善于捕捉瞬间的感觉，似有一双通灵的眼睛，将事物刹那间的姿态固定于文字中的永恒。这与她步入新的地域颇多新鲜感有关，与诗人素质之高有关，也与她果园的诗歌之根有关。写那些与自己生命痛切有关的事物，她总能很快调动出自己的真切感悟和思索。

李琦
原黑龙江省文学院院长，鲁迅文学奖获得者。

她对人的善意和温情，她丰盈清新的艺术感觉，历经坎坷却依旧纯真的美好天性，她内心的羞涩和名利场上的习惯躲避，甚至她的懵懂神情和惶惑不安，我相信都连着她的果园岁月。这个从缙云山林间小路走来的诗人，自然淡定，毫无矫饰。她得到了那些果树的气韵和精髓，你以为她落叶了么？她又发了新的芽。近年来她再一次用自己的诗歌，赢得诗坛的敬意和关注。宝刀型诗人灵动清新如故，笔端下却越来越开阔，越来越沉郁，思想力度更为深邃。诗风也更为淡定更为苍茫了。

郑玲
原株洲市文联主席，艾青诗歌奖获得者。

对天琳来说，万物都是通灵的。她写日常生活中的事物，不仅是看见的、听见的，还是用灵魂触摸过、感受过并严格选择过的。她对这微尘世界的欢乐和痛苦，总是一往情深的。所以她的诗不流于浅表，能楔入生命中心，甚有精神强度。她认同真正的文学从来是拒绝时尚的，她不被流派所左右，她的诗中没有理念的阴翳，没有自命先锋的造作，以至她自性中的创作冲动没有被破坏。天琳诗歌语言的澄明、浏亮、辽阔高远，本身就是对汉语的赞美，是少有人能及的。黄山谷闻木樨香而悟道，我闻天琳灵魂的芬芳而悟诗。

刘立云
原解放军文艺出版社主编，鲁迅文学奖获得者。

当我读到《我为什么不哭》和《我的孩子》时，被诗里所散发出来的悲切、凄婉、沉郁和锥心锥骨的疼痛，深深地震惊了。当时我浑身寒冷，皮肤上不由自主地爆出一层细密的鸡皮疙瘩，如同置身于冰天雪地。当年的地震诗何止千万，但如果有十首能流传下去，这两首应该在其中。近年来傅天琳的诗歌忽然给人一种骨骼清奇、铁花怒放的惊喜，仅仅看到其情感的真诚与真挚，切入生命的独特和尖锐，似乎还没有触到它的边界。它的边界在她干净得几乎与世隔绝的单纯和执拗中，在她逐渐达到的对生命的超拔和领悟中。她的诗天然地获得了山野草木所独具的柔韧和锋利。

张新泉
原星星诗刊副主编，鲁迅文学奖获得者。

教室很大，东起重庆，西至成都，她坐教室东头，我在教室西边。记得那年她参加诗人大海访问团回来，在许多杂志上发表诗作，一下就在学校出名了。当时我已读过她的一些诗，印象不错,就踮起脚望她:短头发,圆脸庞,粗布短衣上,似乎还粘着一些柑橘花和泥迹,与她诗的内质相符。三十多年过去之后,诗人这个称号,已不再是一个值得随便出示的头衔。但天琳依旧端坐在自己的座位上,把荣誉和奖状锁在抽屉里,眼神专注,怀着敬畏与虔诚,认真做着诗歌写作这门功课。

陆健
中国传媒大学教授、博士生导师。

多年来一直对傅天琳的作品非常欣赏,认为她的诗歌是那种耐得住读、经得起时间淘洗、越来越显示出某种"典范性"的优秀作品。诗人的成就诗歌界有目共睹,主要体现在对事物整体把握的能力,人的主观世界与客观世界经由她的笔达到了一种崇高、亲切、富有美感的艺术平衡。她写诗不是为了营构一堆使人惊奇,有新鲜感、陌生感的意象,而是表达和生存的需要。艺术天分、成功机遇,就像众人求之不得的一束光,光只会照到有缘人那里。

蒋登科
西南大学教授、博士生导师。

从上世纪80年代以来,傅天琳在诗坛的位置一直就没有被动摇过。她的许多作品,无论题材、意象还是精神气质,都与她曾经劳动过十九年的果园保持着或直接或间接的联系。在她的诗中，苦难意识很明显地暗含其中，但她总是以自己内在的力量将苦难的轮廓模糊化，将苦难的影响轻浅化，流露出独立而坚韧的承担，柔弱但不可侵犯的坚强。傅天琳一直很低调，而且创造了独特的面对苦难、书写苦难的艺术方式。这种方式造就了傅天琳眼光向下、感觉向内、精神向上的人生态度，也造就了她的诗历苦难而获升华、历地狱而达天堂的独特境界。

李犁
辽宁省新诗学会副会长，《深圳诗刊》执行主编。

傅天琳的诗歌让我想到了天真，天然天绝天籁的真。就像清晨草叶上的露珠，晶莹透明的背后，是一颗尘埃无法扑灭的纯净而单纯的心。这是一颗童心，它淌出的诗歌就是童话，清澈明亮，带有一种久违的清爽和童真的美。诚如我说过的谁能用儿童的眼睛看世界谁就是最好的诗人。所以说好的诗人与年龄无关，或者说优秀的诗人能超越时间和一切写作上的障碍，让自己的心灵保持婴儿瞳仁般的新鲜清亮，随时透视出万物的丝毫，以及灵魂里的风吹草动。

李元胜
重庆市作协副主席，鲁迅文学奖获得者。

我不止一次推敲过傅天琳的诗歌历程，每一次，我都会得到新的启发，新的发现，新的惊叹。就像是穿越峡谷的溪流，山中清澈无比，催生两岸野花，但当它奔向山外，一路上就一会儿是瀑，一会儿是潭，景致变化万千。经历太多太多后，又变得宁静，有了深沉的力量。一个卓越的诗人，穷其一生写到老年，她的诗歌不会再有华丽的炫耀，不会再竭力捕捉那麋鹿般欢跳着的机智。她只需要说出，朴素诗句里就有着毕生修炼而来的无形的技巧。

何房子
《重庆晨报》原副总编。

她是一个安静的人。在任何一个谈论诗歌的场合，她总会找到僻静一角，倾听，面带微笑。对她心仪的后生，她微笑，对她同辈的文人间的争吵，她微笑，对别人的偏激和固执，她还是微笑。仿佛与生俱来，她就具有让时光温润的才能，不同年龄的诗歌声音因此而和解。在诗人遍地的80年代，她已名动诗坛，在诗歌凋零的今天，她仍然挚爱干净而优雅的汉字。人生的淡定，源于天性，更是她书写的无数的意象馈赠给她的诗意之美。

苏瑗
《重庆晚报》原副总编。

一直以来，我认为真正的诗人必是得天之厚爱的，其语言的天赋只有与生俱来而无其他源头。傅天琳就像她的名字一样:天赋灵秀。她五十年的诗路花雨,"根情、苗言、华声、实义"中,显现的是一个大诗人独有的才情。诗化的语境无师自通,发乎于心的创作没有人能替代,没有人能效仿。傅天琳一生都在回避堂皇,而璀璨却像一道追光总撵着她。她的人生就像四季水果,应季蔬菜,该拥有的当春乃发生,该放下的不记来时路,本分自守,知恩图报。

佐佐木久春

日本秋田大学教授,北京大学访问学者,著名汉学家,翻译傅天琳诗集《生命与微笑》,于1996年由日本海流之会出版。

傅天琳的诗是在大自然与日常生活、社会和人的交点中萌发的,这是超越时代及社会可永久作为具有古典典范性质的作品流传下去的必不可少的要素。当这些发自于诗人内心,却包容着深刻的社会人生的诗作被人们发现时,便巧妙地跟上了时代洪流。傅天琳又是不断前进着的,在第二阶段即可看出某种完成,因此有人早早地把她定义为果园诗人母爱诗人,这种看法是有失偏颇的。以后的她拓展了自己的可能性,她诗中的爱已远远超越了母性、女性世界,追求并探索人性与广义的人类之爱,当然也包含着深厚的生命意识及使命感,她树立了自己独特的诗风。

傅天琳创作年表

1946年1月24日	生于四川省资中县。
1952年	随大姐到四川省崇庆县。
1954年	随大姐到四川省重庆市。
1961年	毕业于重庆电技校,分配到位于北碚区的缙云山农场。
1962年	春天写广播稿《出工》,权当第一首诗。
1962—1966年	劳动之余向一位年长十几岁的摘帽右派严超奎老师学习写诗。
1962年至离开农场	断断续续练习涂鸦。
1977年3月	参加重庆市群众艺术馆创作会。
1978年3月	参加重庆市文学创作会,同年12月,《诗刊》主编严辰到重庆。
1979年2月	参加《诗刊》大海采风团,团长艾青,副团长邹荻帆,团员有蔡其矫、白桦、孙静轩、唐大同、傅仇、刘祖慈等20余人。
1979年	《诗刊》第4期发表组诗《血和血统》,《人民日报》发表诗歌《夜露 晶莹》,《星星》发表诗歌《汗水》,《红岩》复刊号发表组诗《从果园到大海》,《重庆日报》发表诗歌若干。另有组诗散见于全国各报刊。
1980年1月	告别农场,调入北碚区文化馆。
1981年	诗《汗水》获全国中青年优秀诗歌奖,组诗《苹果园之歌》获《星星》优秀诗歌奖。
1981年	出版第一本诗集《绿色的音符》,四川人民出版社。

1982年	出版第二本诗集《在孩子与世界之间》，重庆出版社。加入中国作家协会。调入重庆出版社。参加乐山诗会、南充诗会。
1983年	诗集《绿色的音符》获全国优秀诗集奖。参加全国作代会，北京。
1984年4月	参加《文学青年》笔会，到温州、绍兴、杭州等地采风，8月参加《诗刊》大兴安岭采风团。
1985年	出版第三本诗集《音乐岛》，人民文学出版社。6、7月随中国作家代表团访问德国、法国。参加玉门诗会并采风。诗集《绿色的音符》获四川省优秀文学荣誉奖。
1986年	出版诗集《红草莓》，作家出版社。被《星星》诗刊评为"读者最喜爱的十位诗人"。到新疆石河子、奎屯、伊犁，福建东山岛等地采风。到北京参加全国青创会。诗集《绿色的音符》《音乐岛》获重庆市优秀文学奖。
1988年	到珠江三角洲采风。入选英国剑桥《世界名人录》。散文《小屋的故事》获四川省优秀文学奖。
1989年	到云南老山前线采风。
1990年	出版诗集《太阳的情人》，北方文艺出版社。
1992年	出版诗集《另外的预言》，沈阳出版社。出版散文集《往事不落叶》，四川人民出版社。到云南思茅、西双版纳等地采风。
1993年5月	应邀访问奥地利、匈牙利，与之一同入选英国剑桥《世界名人录》的另六位诗人是艾青、蔡其矫、流沙河、邵燕祥、陈明远、舒婷。出版诗集《七家诗选》，中国友谊出版公司。到广东广州、中山、佛山等地参加国际华文笔会并采风。
1994年8月	应邀访问韩国。到深圳参加国际华文笔会并采风。
1995年9月	到桂林、柳州参加国际华文笔会并采风。
1996年8月	应邀访问日本。同年由日本翻译出版诗集《生命与微笑》，

	日本海流之会。韩国翻译出版诗集《五千年的爱》，韩国银河水出版社。参加全国作代会，北京。
1997年	出版诗集《结束与诞生》，春风文艺出版社。
1998年3、4月	应邀访问新西兰、澳大利亚。出版诗集《傅天琳诗选》，重庆出版社。参加全国第三次诗歌座谈会，张家港。
1999年	随中国作家代表团赴台湾参加两岸女性诗歌座谈会。到云南楚雄采风。
2000年	出版英汉对照诗集《傅天琳短诗选》，香港银河出版社。出版散文集《柠檬与远方之歌》，重庆出版社。
2001年	随中国作家代表团访问荷兰、比利时、法国、匈牙利。获全国女性诗歌奖。到辽宁大连参加国际华文笔会并采风。
2002年	到浙江金华参加国际华文笔会并采风。
2003年	诗集《傅天琳诗选》获重庆市优秀文学奖。
2004年	到山西、新疆南疆等地采风。在北京带外孙女停笔三年之后，重又写诗。
2005年	参加马鞍山中国诗歌节。
2006年	组诗《六片落叶》获《人民文学》优秀诗歌奖。
2007年	参加青海湖国际诗歌节。到山东菏泽、浙江天姥山、广东珠海等地采风。出版儿童诗集《星期天山就长高了》，重庆出版社。
2008年	到陕西华山、临潼，黑龙江双鸭山，安徽宿松等地采风。
2009年	评为《诗刊》十位优秀诗人，到庐山领奖并采风，到广东河源采风。参加西宁电视诗会。参加西安中国诗歌节。出版诗集《柠檬叶子》，上海文艺出版社。
2010年	诗集《柠檬叶子》获第五届鲁迅文学奖，到浙江绍兴领奖并采风。到河南平顶山、四川眉山等地开会并采风。
2011年	到美国休斯敦探亲，与女儿罗夏合写儿童小说《斑斑加

油》。为《最打动人心的童诗》一书写赏析，重庆出版社。参加全国作代会，北京。

2012年　到重庆各区县采风。出版儿童小说《斑斑加油》（小三本套装），人民文学出版社、天天出版社。

2013年　到重庆各区县采风。到四川江油、古蔺，广东中山，河南中牟等地采风。出版《斑斑加油》合集，天天出版社、重庆出版社。《斑斑加油》获冰心儿童图书奖、重庆市"五个一工程"奖。

2014年　到重庆各区县采风。到河南邓州、湖北宜昌等地采风。参加绵阳中国诗歌节。

2015年　到重庆各区县采风。诗歌《爱情天梯》获第四届《中国作家》郭沫若诗歌奖。《斑斑加油》获重庆市文学奖儿童文学奖。出版诗集《傅天琳诗集》，重庆出版社。

2016年　到重庆各区县采风。到四川汉源、雅安等地采风。出版儿童诗集《幽蓝幽蓝的童话》，重庆出版社。分别在南岸区、沙坪坝区、北碚区举办四场大型《傅天琳诗歌朗诵会》。参加全国作代会，北京。

2017年　到重庆各区县采风。到四川绵阳、江油、九寨沟，浙江浦江等地采风。在渝中区举办大型《傅天琳诗歌朗诵会》。出版修订版诗集《七家诗选》，语文出版社。出版诗集《果园与大海》，西南师范大学出版社。

2018年　到重庆各区县采风。到四川资阳、攀枝花，河北兴隆，宁夏银川、同心，安徽宣城等地采风。获全国女性诗歌杰出贡献奖。出版诗集《最好的风景最痛的山水》，语文出版社。

2019年　到重庆各区县采风。到四川泸州、邛崃、隆昌、成都、剑阁、江油、广汉，安徽宣城，青海祁连，内蒙古科尔沁，广东茂名等地采风。参加第四次全国诗歌座谈会，北京。

2020年　即将出版散文集《天琳风景》，花山文艺出版社；儿童诗集《嫩绿的羽毛》，长江文艺出版社；诗集《傅天琳诗歌99》，重庆出版社。

图书在版编目（CIP）数据

傅天琳诗歌99 / 傅天琳著. — 重庆：重庆出版社，2020.9

ISBN 978-7-229-15128-7

Ⅰ.①傅… Ⅱ.①傅… Ⅲ.①诗集—中国—当代 Ⅳ.①I227

中国版本图书馆CIP数据核字（2020）第115503号

傅天琳诗歌 99
FUTIANLIN SHIGE 99
傅天琳 著

责任编辑：宋艳歌　李云伟
责任校对：朱彦谚
装帧设计：曲　丹

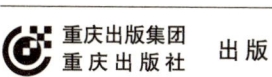

重庆出版集团 出版
重庆出版社

重庆市南岸区南滨路162号1幢　邮编：400061　http://www.cqph.com
重庆市国丰印务有限责任公司印刷
重庆出版集团图书发行有限公司发行
全国新华书店经销

开本：889mm×1194mm　1/32　印张：7.75　字数：120千
2021年6月第1版　2021年6月第1次印刷
ISBN 978-7-229-15128-7

定价：68.00元

如有印装质量问题，请向本集团图书发行有限公司调换：023-61520678

版权所有　侵权必究